MARC

Marc Dugain a passé son enfance dans le château des « Gueules Cassées » où il accompagnait son grand-père. Leur histoire lui a inspiré ce premier roman couronné par de nombreux prix littéraires dont celui des Deux-Magots et le prix des Libraires. Il continue sa carrière d'écrivain avec notamment *La malédiction d'Edgar*, *Une exécution ordinaire*, qui a reçu le Grand Prix Lire RTL 2007, et *En bas, les nuages*. Il est aussi scénariste et réalisateur. Son premier film, *Je ne suis que Staline*, adapté de son roman *Une exécution ordinaire*, sortira en janvier 2010.

LA CHAMBRE
DES
OFFICIERS

Marc DUGAIN

LA CHAMBRE DES OFFICIERS

JC Lattès

Le papier de cet ouvrage est composé de fibres naturelles, renouvelables, recyclables et fabriquées à partir de bois provenant de forêts plantées et cultivées durablement pour la fabrication du papier.

© Éditions Jean-Claude Lattès, 1998.

ISBN 978-2-266-09308-8

À Eugène Fournier

La guerre de 14, je ne l'ai pas connue. Je veux dire, la tranchée boueuse, l'humidité qui transperce les os, les gros rats noirs en pelage d'hiver qui se faufilent entre des détritus informes, les odeurs mélangées de tabac gris et d'excréments mal enterrés, avec, pour couvrir le tout, un ciel métallique uniforme qui se déverse à intervalles réguliers comme si Dieu n'en finissait plus de s'acharner sur le simple soldat.

C'est cette guerre-là que je n'ai pas connue.

J'ai quitté mon village de Dordogne le jour de la mobilisation. Mon grand-père a couvert ma fuite de la maison de famille dans le silence du petit matin, pour éviter d'inutiles effusions. J'ai chargé mon paquetage dans la carriole du vieil André. A la cadence du balancement de la croupe de sa jument brune, nous avons pris la direction de Lalinde. Ce n'est que dans la descente de la gare qu'il s'est décidé à me dire : « Ne pars pas trop longtemps mon garçon, ça va être une sacrée année pour les cèpes. »

A Lalinde, une dizaine de petits moustachus endimanchés dans leur vareuse se laissaient étreindre par des mères rougeaudes, en larmes. Comme je regardais le vieil André s'éloigner, un gros joufflu aux yeux comme des billes s'est approché timidement de moi.

C'était Chabrol, un gars de Clermont-de-Beauregard que je n'avais pas revu depuis la communale. Il était là, seul, sans famille, sans adieux. Il redoutait de prendre le train pour la première fois, s'inquiétait des changements. Pour se rassurer, il tirait à petites gorgées sur une gourde accrochée à sa ceinture. C'était un mélange d'eau-de-vie de prune et de monbazillac. Il en avait trois litres dans son sac, trois litres pour trois semaines de guerre, puisqu'on lui avait dit qu'on leur mettrait la pâtée en trois semaines, aux Allemands. Ce gros communiant qui sentait un drôle de vin de messe s'installa à côté de moi pour ne plus me quitter des yeux.

Le petit train s'est ébroué, en route pour Libourne et, de là, Paris. Dans la capitale, changement de train, direction gare de l'Est. La gare était noire de monde. Un vacarme étourdissant, des cris, des pleurs, des appels, le sifflet strident des locomotives. Arrivés devant la barrière au-delà de laquelle aucun civil n'était autorisé à passer j'ai montré son train à Chabrol. Alors il m'a pris la main, l'a longuement serrée en tremblant :

— Allez, au revoir, Adrien, et à bientôt. Merci pour la compagnie. On se reverra peut-être au front ?

— Si c'est pas au front, ce sera au village, mon Chabrol. Et prends garde à toi. Fais pas le héros.

— Ça risque pas. Pour vrai, ça risque pas !

Je lui ai adressé un dernier signe de loin avant qu'il ne se fasse aspirer par la marée qui montait vers les trains.

Puis je me suis faufilé, j'ai joué des coudes, dégagé à maintes reprises mon paquetage coincé entre un père qui cachait pudiquement son émotion et une mère qui agitait timidement son mouchoir.

En nage, démangé par la sueur qui coulait entre mes jambes et mon pantalon de laine, je décidai de faire une petite halte pour soulager mon épaule meurtrie par le paquetage.

Quand je relevai les yeux, une femme en larmes, devant moi, tenait par la main un jeune homme frêle engoncé dans son uniforme, qui essayait de se maintenir sur le marchepied du train, bousculé par ceux qui montaient. Je sortis mon paquet de tabac. Les portes du train se fermèrent. Le conscrit aspiré, la jeune femme lui fit signe de la main. Il avait déjà disparu. Comme elle restait là, sur le quai, je ne trouvai rien de mieux à faire que de lui adresser la parole.

— Ne vous en faites pas, ce sera l'affaire de quelques semaines.

Elle ne répondit pas.

— C'est votre mari, peut-être?

Elle me regarda pour la première fois. Elle était ravissante et triste.

— Non, mon ami.

Je hurlai, pour qu'elle m'entende :

— Dans quelle arme est-il?

— L'infanterie, comme tous les autres.

Et elle ajouta, par politesse plus que par réel intérêt :

— Et vous?

— Le génie. On s'en douterait, non?

Elle sourit discrètement à ma plaisanterie. Comme elle faisait un pas en avant, je sentis que j'allais la perdre pour toujours.

— Je prendrai un train plus tard, dis-je précipitamment. Je sais que ça ne se fait pas, mais je voudrais vous inviter à boire quelque chose. C'est la guerre, après tout!

Elle acquiesça vaguement.

J'eus l'impression de me métamorphoser en chien d'aveugle. Elle me suivit presque titubante, accablée. Nous nous installâmes à la terrasse d'un grand café devant la gare, et là, tout doucement, elle revint à la vie. Je revoyais le visage du soldat avec sa moustache qui tombait, sa vareuse qui flottait au large de ses épaules concaves. Assis à côté d'elle, tous deux face à l'avenue agitée par une circulation fiévreuse, je n'osais la dévisager, mais je ressentais l'inquiétude d'une histoire qui commençait.

Le regard fixe, elle semblait ne pas voir la foule qui passait et repassait. De temps en temps, elle prenait son verre, trempait ses lèvres et le reposait très vite. Nous ne nous dîmes pas grand-chose. J'appris seulement qu'elle était musicienne, qu'elle s'appelait Clémence, que le soldat était compositeur, un ami de Debussy, de Fauré et de toute une ribambelle de musiciens célèbres dont je n'avais jamais soupçonné l'existence. Qu'elle vivait à Montmartre au milieu des artistes, qu'elle connaissait bien le peintre norvégien Edvard Munch, que ses futurs beaux-parents étaient aussi stupides que généreux et qu'elle détestait la campagne.

Du coup, je trouvai moins glorieux de lui raconter que j'étais un petit ingénieur spécialisé dans les ouvrages d'art pour les chemins de fer, au sommet d'une ascension qui avait débuté avec un grand-père maréchal-ferrant et un père régisseur d'un château appartenant à la Compagnie des eaux, que j'avais toujours vécu à la campagne ou dans des petites villes de province, que j'avais commencé à travailler à Paris au mois de mai, et que la guerre ne m'avait pas laissé le temps d'en connaître grand-chose.

Ses yeux s'animèrent un peu lorsqu'elle me demanda si quelqu'un allait rester là à attendre

13

mon retour de la guerre. Je lui répondis que je n'étais lié à personne. Elle s'en étonna. Me soupçonna d'être un séducteur; j'en avais le physique, disait-elle.

Comment lui expliquer que je ne connaissais de l'amour que les sentiments diffus que j'avais éprouvés à l'école pour les filles des grandes classes? Et que, des femmes, j'en avais eu si peu. La première s'appelait Ernestine Maillol. Qu'importe son nom, d'ailleurs. C'était la fille du notaire du canton, caricature du bourgeois irascible. C'est avec elle que je fis connaissance des femmes dans une grange, sur les terres du château que régissait mon père.

J'avais connu d'autres femmes par la suite, avec lesquelles j'avais eu des relations épisodiques, parfois tendres mais jamais passionnées. J'avais bien le sentiment de leur plaire, lorsque j'attrapais un regard au vol, mais rien ne pressait : j'avais de nombreuses années devant moi pour les séduire et les aimer.

Clémence se mit alors à parler de la guerre. Une monstruosité, disait-elle à voix haute. Elle voulait choquer, c'était évident, et je m'efforçais de multiplier les sourires apaisants en direction de ceux qui, aux tables voisines, s'apprêtaient à intervenir pour faire cesser ce scandale. Et comme il s'agissait d'une femme, j'imaginais aisément que c'était moi qu'ils allaient démolir. Je préférais laisser ce plaisir aux Allemands.

14

Elle était au bord des larmes et s'en prenait à Dieu, maintenant, car c'est la foi qui pousse les hommes à faire des guerres. « S'il n'y avait pas cette foutue croyance dans la vie éternelle, disait-elle, les hommes n'iraient pas à la boucherie avec une telle conviction ! »

Élevé chez les jésuites pendant deux ans sous la pression de ma mère qui était de la chapelle, au contraire de mon père qui avait surtout pour principe de ne pas contrarier sa femme, j'avais vite fait partie d'un petit groupe de défenseurs des valeurs païennes, et en particulier de la cueillette des cèpes en forêt à la saison des châtaignes. Pour profiter de la courte échelle qui permettait de faire le mur pendant les heures d'études, il fallait pouvoir donner le mot de passe. A la question : « Qui est Dieu ? » on devait répondre : « Dieu est un petit bonhomme sans queue. » C'était donc, pour moi, lui faire beaucoup d'honneur que de vouloir le rendre responsable de cette guerre. Les seuls responsables étaient les Allemands, et je n'avais pas de raison de penser autrement.

Plus Clémence parlait fort, plus elle paraissait fragile. Elle priait pour les mains de son pianiste. Une phalange, il suffisait qu'il perde une phalange pour que sa vie soit ruinée. Pas un bras, une jambe, un œil, rien qu'une petite phalange.

Puis elle cessa de parler comme si son ressort s'était déroulé jusqu'au bout.

— Et maintenant, qu'allez-vous faire ? me demanda-t-elle après un silence.

— Je ne sais pas, je vais retourner à l'appartement que j'ai ici, et je prendrai un train pour les Ardennes, vers cinq heures. Ce ne sont pas les trains qui manquent, aujourd'hui. Je n'ai pas dormi chez moi depuis une semaine. J'étais parti en Dordogne pour l'enterrement de ma grand-mère. Et vous, qu'allez-vous faire ?

— Je n'ai rien prévu. Je vais rentrer chez moi, et puis voilà.

— Clémence, pardon d'avance pour cette question stupide et convenons de n'en plus parler, mais votre ami, le pianiste, vous l'aimez ? Vous n'êtes pas obligée de me répondre, évidemment.

— Oui, je l'aime, bien entendu. Mais vous voulez peut-être que je réponde à la question que vous ne m'avez pas posée ?

Elle sentit mon trouble, ma gêne. Je n'avais jamais vraiment été confronté à la complexité. C'était pour moi une chose nouvelle, déconcertante et un peu enivrante.

Elle poursuivit :

— La vraie question que vous vous posez est : « Qu'en est-il de moi ? » Eh bien, qu'en est-il de vous ?

— Ma réponse, que vous êtes libre d'oublier à la minute même, est que cette guerre devrait durer quelques semaines, quelques mois peut-être, dans un univers peuplé d'hommes. Si je dois y rencontrer une femme, c'est qu'elle sera penchée sur mon brancard à colmater une hémorragie. Alors, il me plaît d'imaginer que je pourrais peut-être passer ces dernières heures avec vous. Dans le respect de vos engagements, bien entendu.

Son regard se diluait parmi la foule agitée où elle laissait aller ses yeux bleus. J'avais très peur qu'elle se lève et m'abandonne là. Elle dit seulement :

— Emmenez-moi chez vous !

Je hélai un fiacre et nous partîmes.

Je voyais en Clémence une femme moderne. Je ne savais pas très bien ce qu'était une femme moderne mais, si cela existait, Clémence devait en être une. Les femmes que j'avais connues jusqu'à ce jour ne se comportaient pas de cette façon.

Clémence inspecta mon petit appartement de la rue de Milan comme s'il allait lui révéler tout ce qu'elle n'avait pas pu savoir ou deviner sur moi. Même le poêle en fonte prit une importance que je ne lui avais jamais soupçonnée.

Elle parcourut mes piles de bouquins. Ce n'étaient que des livres techniques sur la construction des ponts et des tunnels. Quelques livres d'histoire militaire, mais désespérément rien sur l'art, la littérature, rien qui vienne faire le lien avec son monde d'artistes, d'esprits libres.

Je trouvais saisissant le contraste entre mon antre humide et sombre et l'allure altière de cette femme. Une paire de chaussettes et des bretelles démantibulées me narguaient du coin de la pièce, vautrées sur le parquet poussiéreux.

Je pris un air magnanime :

— Voilà plusieurs semaines que je n'avais pas mis les pieds dans cet appartement ; il s'est laissé aller. Et ça ne risque pas de s'améliorer.

Une grande pièce, une petite chambre, une salle d'eau, une cuisine minuscule, ce n'était pas vraiment ce qu'on pouvait rêver de mieux pour ce qui nous attendait. Mais ça lui importait peu.

Sa question me surprit et m'embarrassa.

— Vous ne trouvez pas que la peur accroît le désir au point de le rendre insoutenable ?

J'essayai de me conformer à sa forme d'esprit, à son détachement, à sa désinvolture :

— Je pense que je serai plus à même de vous répondre dans quelques semaines, mais je ne suis pas certain que ce soit la première préoccupation de celui qui sent le froid d'une baïonnette peser sur sa gorge.

— Vous savez bien que je ne parle pas de peur physique, mais plutôt de cette peur diffuse, intérieure, intense, dont on ne sait comment se débarrasser, qui s'installe puis repart sans prévenir.

— Ce n'est pas une sorte de peur qu'on

évoque dans mon village, ça serait plutôt typique des gens de la ville.

J'aurais menti en lui disant que le désir que j'éprouvais venait d'une sorte de peur métaphysique ou même de l'appréhension du départ pour la guerre. L'homme de la terre sait qu'il n'est que le maillon d'un ensemble régi par des lois simples et que, pour le reste, c'est se martyriser que de vouloir en savoir plus. Les gens des villes sont le centre d'un monde qu'ils ont fait eux-mêmes. Ils en crèvent, rongés de l'intérieur par le doute.

Le temps passait très vite, Paris était de plus en plus silencieux. Je devais prendre le premier train du matin, à quatre heures quarante-cinq. Après, je passerais pour un déserteur. Je m'arrachai aux draps humides, titubant pour reconstituer pièce par pièce le puzzle de mon uniforme. L'éclairage public lançait un faisceau de lumière qui traversait la chambre pour venir s'échouer sur elle, blanche. J'essayai de réveiller Clémence pour lui murmurer quelque chose, mais elle dormait profondément.

Je passai dans la pièce d'à côté, griffonnai quelques mots sur un bout de papier suffisamment grand pour qu'elle le voie en se réveillant.

Clémence je pars, je vous laisse l'appartement; vous pouvez vous y reposer le temps qu'il vous plaira. Soyez gentille de déposer les clés dans

la boîte aux lettres en partant et surtout de me lais-
ser votre adresse à Paris pour que je la trouve à
mon retour. Au moment de partir, je voudrais juste
vous dire l'importance que vous avez prise dans
ma vie. Prenez garde à vous.

Je l'embrassai une dernière fois à la base du cou, et m'en allai à la guerre.

Si mon paquetage n'avait pas été aussi lourd, j'aurais sauté de joie dans la rue, d'un pied sur l'autre, comme un gamin qui vient de trouver une grosse pièce dans le caniveau et qui croit qu'elle va lui durer la vie entière.

Il fait un temps de rentrée des classes, beau, chaud; l'air est léger. Nous avons pris nos quartiers près d'un village de la Meuse, non loin du fleuve. Les soldats affluent au camp. Des carrioles tirées par des chevaux de trait réquisitionnés. Des mômes bleu et rouge, dix-huit ans, les yeux gonflés du sommeil de la nuit en train. Ils ont l'air si appliqués avec une telle envie de bien faire. Un va-et-vient dans tous les sens. On attelle, on dételle, on charge, on décharge des tonnes de marchandises, des vivres, des couvertures, des tentes, des poutrelles, des planches. Le 6e régiment du génie s'active. On se croirait en pleine manœuvre. Tous ces types ont l'air résolus.

J'ai une terrible envie de dormir. Et me prends à rêver, porté par la brume de chaleur qui vient troubler mon regard sur les branches des arbres dont les feuilles bougent dans la brise matinale. Dans la fragile quiétude de cette journée d'avant-guerre, des idées éparses se mêlent sans ordre. Clémence, ce nouvel amour, si bref mais si intense qu'il m'inquiète autant qu'il me ravit. Mon père, emporté par le cancer il y a deux ans à peine. Un melon qui poussait sans souffrance sur son foie l'a tué à quarante-sept ans, alors qu'il était tout à la joie de la réussite de son fils, ingénieur et officier. La famille s'élevait un peu plus à chaque génération dans le savoir et la considération sociale, et ce siècle s'annonçait sous les meilleurs auspices ; il n'y avait qu'à récupérer l'Alsace et la Lorraine. Et ma jeune sœur si tendre avec ce frère de huit ans son aîné, qu'elle écoutait comme un père. Ma mère, avec son esprit en forme de garde-manger, son inconsistance étalée au grand jour par la mort de mon père, qui la protégeait même s'il la trompait méthodiquement chaque jeudi, quand il allait au marché de Bergerac dans son attelage léger et en profitait pour rendre visite à une dame plus très jeune qui vivait derrière l'église et dont on disait qu'elle relevait la moustache aux hommes pour quelques francs.

Et mon grand-père, dont le dernier regard au moment de mon départ en disait si long sur cette crainte du Prussien qu'il gardait de la défaite de 70, dont il conservait la marque indélébile sous la forme d'un coup de lance reçu d'un uhlan qui le chargeait par l'arrière. Au repas qui avait suivi la mise en terre de ma grand-mère, comme le bourrelier lui affirmait qu'on viendrait à bout des Allemands en quelques jours, il avait répondu : « Tu me rappelles l'histoire du drôle qui fait le pari avec ses copains d'avaler trois grosses pierres plates. Les copains reviennent une heure après :

« — Alors t'en es où ?

« Le drôle répond :

« — Il n'en reste plus qu'une.

« Et il ajoute, en baissant les yeux :

« — Plus les deux que j'ai dans la bouche. »

Pour mon grand-père, les Allemands, c'était la même histoire.

— Mon... mon lieutenant !

Le petit gars agité aux yeux globuleux qui m'extirpe brutalement de mon demi-sommeil, c'est Chabert, l'adjudant-chef de ma section. Un militaire de carrière cambré comme un croissant, qui bégaye tellement il est pressé de faire son devoir.

— Mo, mon lieutenant, le commandant de compagnie désire vous voir dans, dans ses quartiers.

Le commandant est un type immense, bedonnant. Une bonne tête, mais l'amabilité un peu politique, qui vous aime bien tant que vous faites son boulot, que vous ne le mettez pas en porte-à-faux avec ses supérieurs, et qui vous laissera

23

tomber avec le même sourire affable quand les ennuis commenceront.

— Dites-moi, Fournier, je vous ai fait appeler, parce qu'en consultant votre dossier et vos états de service j'ai vu que vous étiez un véritable spécialiste des ponts mobiles.

— En quelque sorte, mon commandant.

— Ingénieur des Arts et Métiers, trois ans de service militaire dans le génie, quelques précieux mois d'expérience dans le génie civil. Tout ça me paraît très bon. Au fait, vous n'auriez pas un lien de parenté avec un Fournier, ingénieur des Ponts, colonel en poste à l'état-major. Votre père, peut-être?

— Pas du tout, mon capitaine. Mon père est mort.

Je le sens déçu que son subordonné ne puisse pas le servir auprès de ses supérieurs.

— En fait, Fournier, je vous ai convoqué pour vous confier une mission. Je souhaite que vous preniez la tête d'un détachement chargé de détecter les sites favorables à la mise en place de ponts mobiles sur la Meuse.

— Quand faut-il partir, mon commandant?

— Le plus tôt sera le mieux. Les Allemands approchent. On les attend sur l'autre rive demain, au plus tard après-demain. Pour le moment, on reste sur cette position mais, bien entendu, prêts à l'offensive. Je compte sur vous, Fournier.

24

Puis, le regard vague, comme s'il éprouvait de la difficulté à dissimuler son inquiétude :

— Demain dès l'aube. Vous et deux sous-lieutenants pour les repérages. Ça devrait suffire.

Il ouvre son tiroir et en sort une bouteille de marc probablement réquisitionnée dans une ferme abandonnée.

— Une petite goutte, lieutenant ?

La guerre n'a pas encore commencé et il a déjà peur. Il est neuf heures du matin et je m'envoie une première lampée. Je traverse la place du village en direction de ma section. J'entends des cris, de l'agitation, on court dans tous les sens, je vois Chabert qui saute comme un diable.

— Qu'est-ce que c'est que ce bordel, Chabert ?

— Mo, mon lieutenant, il... il y a du mal.

Il reprend son souffle.

— Les chevaux mon lieutenant.

Je m'avance, écartant les deuxième classe qui s'affairent en désordre.

Un de mes gars gît sur le sol, à moitié éventré, la tête supportée par deux de ses camarades.

— Nom de Dieu, qu'est-ce qui s'est passé ?

Chabert, qui a pratiquement rétréci de moitié, m'explique :

— Mo... mon lieutenant, un ardennais entier, c'est lui qui a tapé. Une, une ruade, mon lieutenant.

— Quel est le con qui a eu l'idée d'amener un étalon ici? Depuis quand réquisitionne-t-on des entiers d'une tonne sans leur couper les balloches?

Je m'approche du gars. Un filet de sang coule de son oreille jusqu'au cou.

Voilà le premier tué de ma section, un gamin éventré par un ardennais. Un petit paysan qui meurt brisé par un cheval. Son regard devient fixe, sa tête retombe sur le côté, les lèvres entrouvertes. J'ôte ma casquette et reste quelques secondes silencieux. Je demande à Chabert d'aller chercher l'aumônier du régiment. Ce petit paysan était certainement catholique.

La rentrée des classes est terminée.

Je me suis réveillé à l'aube. Le camp dort. Dans quarante-cinq minutes, on sonnera le rassemblement, mais pour l'instant rien ne bouge. On n'entend que le cliquetis de la brise matinale dans la grosse toile des tentes de ravitaillement. Je me dirige tranquillement vers les écuries aménagées dans les communs d'un presbytère.

Dans la pénombre, on ne voit que des croupes de chevaux de toutes les robes : alezanes, gris pommelé, noires, baies. Des demi-sang, des selles, des traits, tout ce qui, des fermes aux châteaux, a pu être réquisitionné en quarante-huit heures. Les palefreniers avisés la veille m'ont tout préparé. La selle et le filet ont été disposés sur un tréteau de fortune. Le cheval a été étrillé et brossé au petit matin. C'est un bai brun avec trois balzanes. Il a un bon œil avec le contour dépigmenté, ça lui donne un air espiègle. Les deux sous-lieutenants arrivent, tirés à quatre épingles.

Je me demande dans quelle section le commandant a déniché ces deux-là. J'espère seulement qu'ils tiennent en selle. J'ai déjà eu un mort par éventration. Je leur rappelle qu'il s'agit d'une reconnaissance, pas d'une chasse à courre. Nous avons une bonne quinzaine de kilomètres à parcourir, et je crois qu'il serait bon que nous soyons de retour avant midi. Les Allemands ne sont plus très loin de l'autre rive.

Nous suivons un chemin de halage qui longe la Meuse. Le soleil est sorti d'une couche de nuages argentés et commence à faire sentir sa brûlure. La cloche d'une église, au loin, sonne sept coups. Des matins comme ça, j'en ai connu des centaines avec mon père et mon grand-père : l'humidité du sol qui renvoie des odeurs de mousse et de champignons, la lumière filtrée par les feuilles, la campagne au petit matin, et rien que le bruit des sabots des chevaux et le cliquetis de leur harnachement. Les deux sous-lieutenants suivent, emmêlés dans leurs rênes, les pointes de pieds enfoncées dans leurs étriers. Au moindre coup de feu, on les retrouverait sur les oreilles de leurs montures.

Mon esprit divague, je le laisse dériver. J'imagine Clémence à mes côtés, allongée contre moi au bord d'un fleuve. J'aurais dû lui parler davantage. C'est trop tard maintenant. Au retour, je lui dirai... Elle s'est installée en moi.

Je ne crois pas en Dieu, mais cela ne m'empêche pas de penser qu'on a une bonne étoile, et je compte sur la mienne. Certains hommes rencontrent la mort avant d'autres, et je crois que l'homme qui réfléchit sur la mort l'éloigne. Comme si ce dialogue et cette vigilance tenaient l'ennemi en respect. A Liorac, vivait une vieille guérisseuse qu'on venait consulter de loin ; ses remèdes étaient aussi efficaces que son odeur mauvaise. Elle se targuait de dons de voyance et disait toujours à ceux qui la consultaient que leur destin dépendait de celui de leurs morts qui veillait sur eux. Et comme elle connaissait tout le monde à vingt kilomètres à la ronde, elle plaignait ceux dont elle savait que leur ascendance n'était peuplée que de mauvais morts. Je m'étais toujours convaincu que celui qui veillait sur moi, c'était mon arrière-grand-père, mort à quatre-vingt-dix-huit ans en ouvrant une deuxième bouteille de pécharmant pour se consoler de sa décision, prise la veille, d'arrêter le tabac. Avec un aïeul pareil, je ne peux pas mourir à la guerre.

On approche de la rive. Mes deux hommes discutent. Je leur fais signe de se taire. A cet endroit, la Meuse se resserre. C'est là qu'il faudra que les régiments de première ligne traversent, ce soir ou demain. Je vais faire un relevé, prendre des cotes. Je cherche dans mes fontes un cahier et un crayon. Où sont mes jumelles? Mon cheval a un trot tellement chaotique que ma vessie maltraitée menace de déborder. Pied à terre. Je m'installe contre un bouleau.

Une détonation part de tout près. Un sifflement d'un quart de seconde. J'ai le temps de voir une tête qui se détache d'un corps qui plie sur ses genoux, un cheval qui s'effondre. L'autre sous-lieutenant, qui était resté en selle, s'écroule de mon côté, l'épaule arrachée, l'os qui sort comme d'un jambon. Je sens comme une hache qui vient s'enfoncer sous la base de mon nez. Puis on coupe la lumière.

L'araignée tisse sa toile. Lentement. Sûre de son fait. C'est dans l'ordre des choses. L'araignée attend la mouche. La mouche vient s'échouer dans la toile. La mouche a perdu. Elle ne se plaint pas. Il n'y a pas de drame dans la nature.

Cette mouche qui s'épuise dans d'ultimes et inutiles efforts, c'est la première image de mon retour à la conscience. Elle est au-dessus de moi, accrochée à ce plafond blanc cassé dont la peinture s'écaille.

Une deuxième image vient se superposer : le dessous du menton et les pointes de moustaches de deux hommes en pleine conversation, les bras croisés, qui, par intervalles, jettent un œil sur moi sans me voir. Et j'entends au loin les bribes d'un dialogue qui me parait être celui d'un officier et d'un chirurgien.

— On va lui donner la Légion d'honneur, pendant qu'il est temps. Votre diagnostic?

— Je crains la gangrène gazeuse, mon capitaine. Il a été découvert il y a six jours, et il semble qu'il agonisait sur les lieux depuis au moins deux jours. Nous l'avons reçu ce matin. A l'ambulance, ils n'ont pas osé y toucher. C'était certainement le premier blessé de ce type. Ses blessures sont un marais de pus. Les matières purulentes ont envahi la cavité. Par malheur — car ses souffrances en eussent été abrégées — une projection de boue a bloqué l'hémorragie de l'artère linguale, ce qui explique qu'il n'ait pas perdu tout son sang.

— Alors qu'en pensez-vous, la Légion d'honneur?

— Il est encore temps, mon capitaine.

Je réunis tout ce qui me reste d'énergie pour saisir la manche de l'officier. Je veux essayer quelques mots, mais rien ne vient. Alors, d'un signe de la main, je lui fais non, en lui montrant l'endroit où d'habitude on accroche les médailles. Je lui vois l'air surpris, avant de retomber sans connaissance.

Je suis réveillé quelques heures plus tard par une douleur si forte et si diffuse que je suis incapable d'en localiser l'origine précise. Mes pieds bougent. Les deux. Les mains aussi. Chacun de mes yeux perce la semi-obscurité. Je suis entier. Avec ma langue je fais le tour de ma bouche. En bas, elle vient s'appuyer sur les gencives de la mâchoire inférieure : les dents ont été pulvérisées. Les hauteurs, elles, s'annoncent comme un couloir sans fin ; ma langue ne rencontre pas d'obstacle et, lorsqu'elle vient toucher les sinus, je décide d'interrompre cette première visite. C'est tout ce vide qui me fait souffrir.

De nouveau, je vois s'agiter au-dessus de moi deux mentons. Les deux hommes sont en blouse blanche. Nouvelle tentative pour parler, qui se solde par un gargouillis sourd comme la plainte d'un grand mammifère.

Les médecins n'ont pas remarqué ma tentative malheureuse et continuent à discourir sur mon cas. Deux longues sangles me maintiennent pieds et mains liés au lit de camp et m'interdisent le moindre geste. On s'agite beaucoup dans ce couloir qui ressemble à une gare de triage. La guerre a donc bel et bien commencé. Je n'ai pas été victime d'un coup de semonce.

— Une fiche a été faite au poste de secours, mais elle est illisible. Couverte de salive et de sang mélangés.

— Voyons voir. Destruction maxillo-faciale. Notez, mon vieux ! Béance totale des parties situées du sommet du menton jusqu'à la moitié du nez, avec destruction totale du maxillaire supérieur et du palais, décloisonnant l'espace entre la bouche et les sinus. Destruction partielle de la langue. Apparition des organes de l'arrière-gorge qui ne sont plus protégés. Infection généralisée des tissus meurtris par apparition de pus.

Il poursuit :

— Sérions les problèmes! Risque de gangrène par infection des parties meurtries. Risque d'infection des voies aériennes et régions pulmonaires par manque de protection. Risque d'anémie par difficulté d'alimenter le blessé par les voies buccales et nasales. Conclusion, Charpot : vous me dégagez ce bougre à l'arrière. Direction Val-de-Grâce. A ma connaissance, il n'y a que là qu'on puisse faire quelque chose pour lui. Si la gangrène ne s'y met pas. En attendant, nettoyez les plaies. Faites-lui un ordre de transport par wagon sanitaire. Pas de transport fluvial, ce serait trop long. Essayez de l'alimenter une fois avant le départ, par sonde nasale. Gardez-lui les sangles. Surtout s'il est conscient au moment de le nourrir. Il risque de souffrir.

— Rien d'autre, major?

— Rien d'autre, Charpot. En attendant, ne le laissez pas là. Ses plaies dégagent une telle puanteur qu'il va faire tomber ceux qui tiennent encore debout.

Je reste de longues heures dans cet état. Je perds progressivement cette étrange lucidité que j'ai connue lors de mes premiers réveils. Je fais un rêve. Toujours le même. Mes yeux sont fixés sur des culs de bouteilles qui scintillent en tournant pendant que je mâche une grosse boule d'argile. La fièvre se répand dans mes articulations comme une sourde brûlure. Elle pèse sur la base de mon crâne pour m'enfoncer dans ce lit de camp fait de grosse toile tendue, qui me semble moelleux, tellement ce qui me reste de sens est affligé par les blessures.

Je ne sais plus où je suis ; il me semble que la mort rôde, indécise. Derrière le rideau opaque de mon délire, je sens bien qu'on s'agite. Dans le lointain, j'entends un brancardier qui interpelle une infirmière :

— On le change de piaule pour la nuit. Ces cons viennent de se rendre compte que c'est un officier ! On ne peut quand même pas le laisser dans une salle commune pour sa dernière nuit à l'avant.

Au petit matin, l'infirmière qui penche sa tête sur moi a de grands yeux bleu marine. Un léger duvet recouvre son menton. Elle cherche quelque chose dans mon visage. Elle aussi s'occupe de moi sans me voir. Lorsqu'elle réalise finalement que j'existe, elle finit par m'adresser la parole. Elle mesure mon interrogation à l'intensité de mon regard.

— Je vais vous faire manger, lieutenant. Vous allez voir, c'est de la bonne soupe.

Elle me parle comme les bonnes sœurs le faisaient à ma vieille tante, recroquevillée dans son fauteuil près de la fenêtre, lorsqu'elles se mettaient à deux pour lui desserrer les mâchoires, vieilles portes rouillées par des années d'absence.

Pour dire vrai, le goût de la soupe m'inquiète moins que la façon dont elle va s'y prendre pour la faire entrer. La réponse n'est pas longue à venir.

Mon premier repas conscient m'est servi par un tube de caoutchouc surmonté d'un petit récipient qui contient la soupe. Quand on monte le récipient la soupe descend. Et vice-versa. De la physique simple.

— On va vous mettre ça dans le nez. Vous allez arrêter de respirer par le nez pour ne plus respirer que par la bouche.

Elle me traite comme un simple d'esprit. C'est sans doute parce que je bave. Un homme qui bave est forcément un innocent.

La soupe me rentre par les sinus; je m'étouffe, me débats. L'infirmière me tape dans le dos; mon estomac se rétracte, j'ai le hoquet. Et on recommence.

Six brancards sont alignés sur le perron de l'hôpital de campagne. Pour des raisons que j'ignore, on a finalement renoncé au wagon sanitaire. Ils nous ramènent à Paris en ambulance. Deux fois trois bannes superposées, pour six grands blessés. Et deux brancardiers qui se relaient pour conduire. Il faut compter au moins douze heures dans cette voiture avant d'atteindre Paris. On m'installe en bas à gauche, derrière le chauffeur. Je n'ai pas la force de me relever pour voir qui sont mes compagnons de voyage. Celui qu'on installe au même niveau que moi doit tout juste avoir dix-huit ans. Il a un profil d'ange aux yeux clos. Ses couvertures dessinent la silhouette de son corps jusqu'à la base de ses genoux, puis elles s'affaissent brutalement.

L'ambulance démarre, et avec elle les gémissements de mes camarades. Un sergent d'infanterie, dont j'aperçois les galons sur une manche qui pend dans le vide, implore sa mère entre deux sanglots de petit garçon.

Pendant toutes ces heures, je n'ai d'autre horizon que la toile de lin de la banne du dessus, et cette tache de sang qui s'étend au fil des heures, comme sur un buvard.

La douleur se réveille dans mes sinus pour se répandre dans tous les tissus de la face. Je me surprends à rêver de cet opium dont parlent les grands voyageurs et qui viendrait desserrer la tenaille qui m'enserre la bouche. Le concert des gémissements s'éteint peu à peu, comme si chacun quittait le chœur à son tour pour sombrer dans le noir. Les portions de pavé ont eu raison des fractures ouvertes.

Le jeune soldat aux cheveux blonds repose, le visage livide. Il ne s'est pas réveillé depuis le début du voyage. Il me rappelle un portrait à la plume de l'Aiglon sur son lit de mort, que j'avais vu chez mon grand-père, dans une édition du siècle dernier du *Magasin pittoresque*.

Après plusieurs heures, l'ambulance s'arrête dans la cour d'un hôpital. On ne peut pas être déjà arrivé. Les portes de l'ambulance s'ouvrent pour laisser monter un médecin. Après un rapide examen des six blessés, il ordonne, en les montrant du doigt :

— Dégagez-moi ces deux-là, ils sont morts. On en a deux autres à vous donner.

On change les conducteurs comme on remplaçait les chevaux des anciennes postes. On emmène l'Aiglon, dont le corps statufié par la raideur cadavérique résiste aux angles de l'ambulance. Puis c'est le tour de mon voisin du dessus ; la bannette a aspiré ce qui lui restait de sang. On installe les deux suppléants et on redémarre. Mon nouveau voisin cherche à me parler.

— Dis-donc, toi, tu sais où c'est-y qu'on va ?

J'essaye de répondre. Il ne sort que des bulles d'air, comme si j'étais en train de mâcher du savon. Pas un seul son. Résigné, il s'installe dans son coin et s'engage dans un long monologue.

La chaleur monte et je sens des crampes dans le visage, comme si chaque muscle se resserrait, puis cela se transforme en une immense rage de dents où chaque nerf joue sa partition.

Le soldat qui soliloque parle avec sa mère,

lui raconte sa guerre. Il a peur qu'elle le gronde, lui répète qu'il n'a rien fait de mal et que les Allemands lui ont envoyé une marmite dans les jambes.

L'ambulance saute sur les pavés; j'entends l'interminable grincement des barres de suspension. Sans la sangle, je serais déjà sur le plancher. J'ai soif à force de transpirer et de baver. Cette soif devient obsédante au point que je me demande si je ne lui préfère pas la douleur.

L'ambulance s'arrête en rase campagne. Les portes s'ouvrent, laissant s'engouffrer l'air tiède du jour qui tombe. Les deux ambulanciers se tiennent là; ils font une drôle de tête.

— Nom de Dieu, quelle puanteur!

Moi, je ne sens rien. Je réalise que j'ai perdu l'odorat. Je n'en avais pas eu conscience, jusque-là. L'air qui vient des prés m'apporte une vague sensation de fraîcheur, mais pas le moindre parfum de ces fins d'après-midi d'été.

Les deux grosses gourdes en toile qu'on nous apporte me ramènent à ma préoccupation immédiate. Les cinq autres blessés sont abreuvés à grandes giclées. Quand vient mon tour, l'ambulancier grimace et appelle son acolyte.

— Dis donc, on n'est pas équipé pour le faire boire, celui-là.

— C'est même peut-être pas recommandé. Si on fait une connerie, on va se faire sonner les cloches. Laisse tomber, il tiendra bien jusqu'à ce soir.

Les portes se referment. Le convoi redémarre.

Le moteur, de plus en plus bruyant, me fait craindre le pire : une nuit sans boire en rase campagne. Finalement, je m'assoupis sur ma planche tandis que la fièvre qui monte endort mes douleurs pour m'assécher plus encore.

Lorsque je me réveille, la pluie martèle le toit de l'ambulance. Notre petite vitesse et les changements de direction me font supposer que nous sommes entrés dans une ville. Une dernière enfilade de pavés, le crépitement des graviers avant de s'immobiliser. Les portes s'ouvrent. On nous sort l'un après l'autre. J'essaye d'ouvrir la bouche aux grosses gouttes d'orage. On ne sait jamais, s'il faut attendre l'avis du médecin général pour me faire boire. Et je ne peux rien dire. Et quand bien même, je n'ai rien à dire.

La chambre réservée aux officiers est vaste comme une salle des pas perdus. De hauts plafonds blancs craquelés, plus longs que larges, et une bonne dizaine de fenêtres à croisillons qui donnent sur une cour étroite que j'imagine être le lieu de promenade des convalescents. Il est un peu tôt pour les convalescents. Les premiers blessés commencent seulement à arriver; ceux que l'on achemine ici, à l'arrière, sont les plus touchés.

Les lits en fer ont été soigneusement alignés face aux fenêtres, loin des courants d'air. Chaque détail, l'ordre méticuleux qui régit cette salle donnent à penser qu'on attend du monde. Les couvertures sont au carré, les bassins soigneusement disposés sous les lits.

Je suis le premier arrivant de l'étage des officiers blessés de la face. Ces lits vides vont être progressivement occupés par des hommes qui ne savent encore rien de leur destinée. Pour eux, le sort est encore hésitant. Une jambe, un bras, un éclat d'obus dans le ventre, la tête — ou tout simplement un sursis de quelques semaines.

Ceux qui vont me rejoindre auront des souvenirs de combat, de corps à corps, de grandes offensives, alors que j'ai été abattu sans avoir jamais croisé le feu, ni même le regard de l'ennemi et que je ne pourrai jamais raconter à mes enfants à quoi ressemble un Allemand. Je devrai inventer les grosses moustaches et le casque à pointe.

En ces premiers jours de septembre, mes blessures au visage me causent moins de souffrance que cette défaite sans combat, que l'absurdité de mon sort que je n'ai ni construit, ni défendu.

Ma tête est entourée de bandelettes qui ne laissent à découvert que ma bouche et mes yeux. Probablement est-ce assez pour donner à mon visage une expression.

Parce que nous sommes seuls, lui et moi, dans ce hall de gare, l'ouvrier qui s'affaire au-dessus de chaque lit m'adresse la parole. C'est un homme trop âgé pour faire la guerre et trop jeune pour ne rien faire.

— C'est reparti comme en 70. On recule. On dit qu'avant dix jours y seront sur Paris. Si c'est pas malheureux, cette affaire. Moi, je dis : y a pas. Y faut l'feu sacré, sinon c'est la débâcle. En attendant, dites-moi, y vous ont bien arrangé, les

Boches. Et où c'est qu'y vous ont mis ça? Dans les Ardennes? Vous pouvez pas parler? Une sacrée charpie, pour qu'y vous aient ramené jusqu'ici! Même si vous pouvez pas parler, vous pouvez écouter, pas vrai? Hier j' discutais avec la surveillante d'étage. Pas la petite sèche qu'a du poil au menton — elle, c'est pas une chef — mais la grosse boulotte qui parle bien avec les autres. Elle disait qu'y s'attendaient à recevoir de sacrés colis ici, et d'après ce qu'elle disait, dans votre salle, y vont mettre que des esquintés de la trogne, quoi. Que des officiers défigurés, qu'elle a dit. Y z'ont fait la même chose pour le simple soldat à l'étage au-dessous, et ça se remplit déjà. Pour les officiers, vous êtes le premier. Une sacrée veine, comme ça vous choisissez votre plumard. C'est rapport à cette clientèle qu'y m'ont demandé d'ôter tous les miroirs. Vous comprenez, y aurait des mauvaises surprises. Pour les barreaux aux fenêtres, c'est pas moi, y z'y étaient déjà.

Puis, dévissant son dernier miroir:

— Y vous ont drôlement arrangé, mais vous êtes bien tombé. Ici, c'est propre. Puis, vous verrez, y'a de jolis petits lots dans les infirmières. Et puis, vous êtes un héros; c'est plus facile pour les gens comme vous. Et comme on voit pas ce qu'y a derrière les bandelettes, elles s'imaginent le meilleur, ces bougresses. Voilà, j' vous quitte, j'espère seulement qu'on va pas être obligé de vous évacuer vers le sud. De toute façon, dans l'état que vous êtes, vous craignez plus rien. A la revoyure, m'sieur l'officier.

Les miroirs disparus ont laissé de grosses ombres rectangulaires au-dessus de chaque lit.

L'infirmière entre la première, tête baissée, regard décidé. Puis vient le médecin, grand type un peu voûté, une quarantaine d'années, la démarche volontaire. En trois enjambées, il est devant mon lit.

— Bonjour, lieutenant. Votre solitude ne vous pèse pas? Je crains que d'autres camarades ne soient déjà en chemin. Ce soir peut-être, ou demain au plus tard. Vous ne souffrez pas trop?

Et sans attendre la réponse, que je ne peux pas lui donner :

— N'êtes pas le genre à vous plaindre, n'est-ce pas? Bon! le programme est le suivant. On va vous alimenter. Vous devez vous refaire du sang et de l'os. Vous verrez, ici, on est à la pointe du progrès. Dans deux ou trois jours, on va vous opérer. Remettre un peu d'ordre. Ensuite, du repos, toujours du repos, et on passera aux choses sérieuses. Tout ça va prendre du temps, bien sûr, mais du temps vous en aurez. Pas pressé de retourner au front, je présume?

Et comme pour me donner du courage :

— Si la guerre s'éternise un peu, vous aurez sûrement l'occasion d'y retourner avec un visage flambant neuf. Je vous garantis même la repousse de la moustache. Je passerai tous les matins. On va vous fournir une ardoise et une craie, jusqu'à ce que vous puissiez parler.

Puis, sur le ton de la confidence :

— Vous savez, vous avez de la chance. La face, c'est impressionnant, mais c'est sans complication. Très bonne capillarité vasculaire. Pas de gangrène, contrairement à ce que croyait la vieille école. Ne vous préoccupez que de deux choses : bien respirer et bien manger. Le reste, c'est mon affaire.

Enfin, à voix haute, s'adressant à l'infirmière :

— Voyons, nous sommes lundi. Vous allez me le faire manger trois fois par jour jusqu'à demain soir. Il me le faut à jeun pour mercredi matin, opération à six heures. S'il souffre vraiment trop, faites-lui un peu de morphine. Mais qu'il n'y prenne pas goût. On n'en aura pas assez pour tout le monde, si le flot continue comme ça. A bientôt, lieutenant.

L'infirmière a le visage bonasse de ceux qui consacrent leur vie aux autres sans jamais se préoccuper d'eux-mêmes. Elle me relève dans mon lit.

— Je vais vous faire manger.

Elle revient quelques minutes plus tard, un grand plateau de bois dans les bras, qu'elle pose à mon chevet. La soupe fume dans un bol. De petits morceaux de viande recroquevillés sur une assiette blanche. Une pince aux mâchoires qui

45

s'entrecroisent. L'infirmière verse la soupe dans un récipient qui ressemble à une tête de canard. Avec la pince, elle écrase les petits bouts de viande qui se mêlent à la soupe. Elle introduit dans ma bouche le bec du canard, qui déverse sa mixture. Mais lequel des deux ressemble le plus à un canard, de l'instrument ou de moi que l'on gave ? J'ai le pressentiment que cette éprouvante manœuvre va se transformer en un rituel sans fin, et que je ne pourrai plus jamais manger sans canard ni masticateur.

L'infirmière revient me voir alors que j'essaye tant bien que mal d'habituer mon estomac à travailler seul. Elle parle fort comme si j'étais sourd, en plus de tout le reste.

— Je vous ai apporté une ardoise, une craie, si vous avez quelque chose à me dire, et des feuilles de papier et un crayon pour écrire à votre famille. Il faut leur dire où vous êtes.

Je dispose en tout de quatre petites feuilles. Je ne peux donc pas me permettre de recommencer plusieurs fois. Je n'ai qu'un souci : mettre du temps et de la distance entre mes proches et moi. Je veux qu'on me mette entre parenthèses, ne pas être un sujet de préoccupation, encore moins d'inquiétude.

Je m'attelle donc à rédiger une lettre plus rassurante encore que si j'étais sur le front, entre deux combats.

Ma chère mère, mon cher grand-père, mes chères sœurs,

Je vous écris de Paris, plus précisément de l'hôpital du Val-de-Grâce. J'ai été blessé par une marmite allemande pendant une reconnaissance. Rien de grave. Aucune partie vitale atteinte, ni yeux, ni jambe, ni bras, seulement la clavicule endommagée. Une bonne nouvelle pour vous tous : je ne retournerai pas au front. Ici, je mange bien, les infirmières s'occupent de moi, c'est la vie de château. Je dois rester plusieurs semaines pour éviter les complications. Ce n'est pas le moment pour vous de remonter au nord. Restez où vous êtes. Je descendrai dès que possible. C'est un peu la panique et les blessés affluent en nombre. C'est pourquoi les visites ne sont pas autorisées. Dites à mon oncle et ma tante Chaumontel de ne pas se déplacer, ce serait vain pour le moment.

Vous voilà rassurés : la guerre est terminée pour moi, j'ai fait mon devoir et c'est ce qui compte le plus. Je vous écrirai le plus souvent possible. Si vous ne receviez rien pendant plusieurs semaines, mettez-le sur le compte de la poste, car je vous assure, ici, rien ne peut plus m'arriver.

En fermant la lettre, j'ai le sentiment d'avoir gagné un peu de temps, et je me surprends à espérer que la guerre durera encore longtemps.

Il me reste trois feuilles. Elles sont pour Alain

Bonnard, mon plus vieux camarade. De l'école primaire jusqu'au service militaire, nous ne nous sommes jamais quittés. C'est à ce moment seulement que nos chemins se sont séparés. Bonnard était né avec une petite main. Ses doigts de la main droite étaient restés ceux d'un enfant de huit ans. Il aurait certainement pu dissimuler plus facilement ce handicap, si les gens ne tendaient pas précisément la main droite. Comme souvent chez ceux qui se sentent diminués, Bonnard avait compensé son infirmité par une intelligence supérieure et, s'il n'avait pas tenté l'École polytechnique, c'est parce qu'il m'en savait incapable et qu'il ne voulait pas y aller seul. Je savais que je représentais à ses yeux une sorte d'accomplissement physique qu'il aurait volontiers échangé contre une intelligence moins vive, comme la mienne. Bonnard était une parfaite réussite de l'école de la République, qui avait permis à un fils de cafetier du Périgord de devenir ingénieur, et il souffrait beaucoup du fait que le conseil de révision ne lui avait pas permis de rendre à cette République ce qu'il pensait lui devoir. Il ne porterait jamais l'uniforme d'officier auquel il aurait pu prétendre; on avait préféré l'affecter à un obscur bureau d'études dans une usine d'armement.

Dans ma lettre je lui disais simplement que j'avais été blessé à la tête sans danger pour ma vie, mais que je prévoyais une longue convalescence, raison pour laquelle je lui demandais de m'apporter un jeu de cartes et des livres dont je lui laissais le choix, n'ayant pour ma part, comme il le savait, aucun goût littéraire particulier. Je lui faisais part de mon souhait qu'il reste la seule de mes connaissances parisiennes, ou même provinciales, à savoir où je me trouvais.

Trois séances de canard et de masticateur plus tard, me voilà à la veille de mon opération. Aucun fait majeur ne vient marquer cette journée et demie, si ce n'est l'annonce par le médecin d'une visite prochaine du ministre de la Guerre aux blessés dont je fais partie.

Je dors déjà depuis plusieurs heures d'un sommeil profond, lorsqu'un va-et-vient s'inscrit en toile de fond dans mes rêves. Ce sont de nouveaux blessés qu'on achemine pendant la nuit et qu'on installe dans la chambre.

A l'aube, on me transporte à la salle d'opération et, là, on me rendort à l'éther.

Lorsque je me réveille quelques heures plus tard, j'ai une forte nausée et des douleurs persistantes qui fourmillent sur la face.

Ils m'ont ôté les bandelettes afin d'empêcher la macération des plaies et deux sangles retiennent mes poignets au pied de mon lit, pour éviter que, dans ma demi-conscience, je ne vienne infecter les cicatrices. Je suis dans le noir. On m'a placé au-dessus de la tête un châssis en forme de dôme, comme on en trouve dans les jardins soignés pour protéger une jeune plantation. La grosse toile qui recouvre l'ensemble me plonge dans l'obscurité.

Je ne retrouve ma pleine lucidité que l'après-midi du lendemain, quand, débarrassé de mon paravent facial, j'ouvre les yeux à la lumière pour apercevoir, à deux autres coins de la salle, deux blessés immobiles, dont l'un râle à voix basse, sans force.

C'est le moment que choisit Bonnard pour entrer dans la pièce, main droite dans la poche. Je m'étonne qu'on l'ait autorisé à venir jusqu'à moi et j'imagine que c'est là un traitement de faveur qui cessera lorsque le nombre m'aura replongé dans l'anonymat. Il me voit le premier, détourne son regard pour s'approcher des autres blessés dont il scrute le visage, s'immobilise, se retourne à nouveau vers moi. Alors que je lis l'horreur dans son regard et que je le crois près de repartir en espérant s'être trompé de salle, je lui fais un petit signe de la main. Pendant qu'il s'approche à petits pas gênés, je saisis maladroitement mon ardoise d'écolier et ma craie, et j'écris en grosses lettres : « *C'est moi mon vieux.* » Il s'assied au bord du lit, me prend la main, et se met à pleurer, submergé par un flot de larmes contre lequel la pudeur de notre vieille camaraderie ne peut rien. Comme pour détourner mon attention, il commence à sortir d'un petit cabas un jeu de cartes et quelques vieux livres. Il a ajouté une plaque de chocolat et un paquet de tabac qu'il rentre aussitôt dans son sac.

— Tu as besoin d'autre chose?

Je lui fais non de la tête et saisis mon ardoise.

— *Peux-tu me rendre un dernier service?*

— Bien entendu, répond-il, prêt à tout pour m'aider. Tu sais que tu peux compter sur moi.

— *Une femme a laissé une enveloppe dans ma boîte aux lettres. Peux-tu me l'apporter?*

— Où est la clé?

— *Chez la concierge, dis-lui que tu viens de ma part.*

— Je vais m'en occuper, Adrien, je vais m'en occuper. Ne t'inquiète pas.

Je le sens bouleversé. Par l'horreur du spectacle, bien sûr — encore que j'éprouve une certaine difficulté à imaginer ce qu'il voit —, mais surtout par ce changement dans l'ordre de nos rapports. Sa petite main d'enfant doit lui sembler bien peu de chose, maintenant. Je le sens pressé de mettre fin à cette première visite, à tant de confusion et d'émotion en un si court moment. Avant de partir, il serre une dernière fois ma main entre les deux siennes, et bredouille :

— Tu es un héros, Adrien, un vrai héros. Je reviendrai bientôt.

Le matin suivant, je me lève pour la première fois. Ma démarche est hésitante. Je longe les fers

51

de lits comme les premiers marins explorateurs longeaient les côtes. A chaque pas je crains de m'effondrer, mais la curiosité est plus forte que l'appréhension.

Lorsque enfin j'atteins mon but, je me penche sur l'un des deux nouveaux arrivants. Mon compagnon de chambre gît sur le dos, un petit crucifix dans la main droite, serré contre sa poitrine. Sa face est à l'air libre, sans aucun bandage. Un obus, certainement, lui a enlevé le menton. La mâchoire a cédé comme une digue sous l'effet d'un raz de marée. Sa pommette gauche est enfoncée et la cavité de son œil est comme un nid d'oiseau pillé. Il respire doucement. Je reprends mon chemin, faisant halte à chaque lit vide jusqu'au troisième occupant de la salle.

Sa peau mate et ses cheveux noirs contrastent avec la blancheur de son oreiller. Son profil est plat. Le projectile lui a soufflé le nez, lui laissant les sinus béants. L'absence de lèvre supérieure lui donne un rictus inquisiteur. Je comprends pourquoi notre salle se remplit si lentement, pourquoi nous sommes au dernier étage. Dans cette grande salle sans glaces, chacun d'entre nous devient le miroir des autres.

Le médecin entre le premier, suivi du médecin général, de deux officiers d'état-major qui ouvrent la voie au ministre de la Guerre. Nous ne sommes que trois, et je suis le seul conscient. Le médecin me présente en quelques mots au ministre :

— Lieutenant du génie Fournier, monsieur le ministre, blessé dans la Meuse lors des toutes premières heures de combat!

— Lieutenant Fournier, enchaîne le ministre, je suis venu vous exprimer la reconnaissance de la Patrie pour la bravoure et le sacrifice qui ont été les vôtres. Sans des hommes comme vous, la terre de nos parents, que nous devons transmettre à nos enfants, serait livrée à la barbarie allemande. Nous sommes fiers de vous!

Il vient me serrer la main, m'interroge :

— D'où êtes-vous, lieutenant?

Le médecin se précipite :

— Il ne peut pas encore parler, monsieur le ministre.

— J'espère qu'il entend, au moins?

Un officier d'état-major s'avance.

— De toute façon, votre propos a été noté pour la presse, monsieur le ministre.

— Très bien, très bien. Courage, lieutenant. On me dit que dans quelques semaines vous serez sur pied, prêt à retourner au front. Nous avons besoin d'hommes comme vous. Au revoir, lieutenant.

Le ministre ressort de la salle avec son aréopage, dans un vacarme qui ne réussit pas à réveiller mes deux compagnons.

Je ne réalise pas très bien l'événement qui vient de se produire, et pourtant j'en retire une vraie fierté.

Le blessé à la peau mate s'est éteint ce matin. L'éclat d'obus a fait son œuvre au cerveau sans lui laisser la moindre chance. On est venu l'enlever quelques minutes après la première ronde de l'infirmière, à la hâte, comme pour faire disparaître toute trace de son passage.

Un nouveau blessé est venu le remplacer quelques heures plus tard. L'infirmière, parce que je suis le plus ancien de la chambrée, se fait un devoir de m'informer des mouvements.

J'apprends ainsi que le nouveau venu est un pilote dont l'aéroplane s'est écrasé en flammes dans les plaines de la Marne. Les Allemands sont donc arrivés jusque-là! Il est encore vêtu de ce blouson et chaussé de ces bottes d'aviateur qui font l'admiration des hommes de l'infanterie. Mais son visage, que je n'aperçois que dans le clair-obscur de la fenêtre qui surplombe son lit, ressemble à un grand caramel noir, brûlé et déformé. Plus trace de moustache ni de paupière. Plus aucune forme humaine.

Lors de sa visite quotidienne, le chirurgien m'annonce que ma première opération a été un succès. Qu'il a réussi à venir à bout des multiples constrictions que le repli des tissus déchirés avait engendrées. Il détaille la suite des opérations avec beaucoup de franchise, conséquence, dit-il, de la confiance qu'il accorde à ma qualité d'officier :

— Pour tout dire, lieutenant, je suis dans l'attente de matériaux nécessaires à la reconstitution de votre maxillaire supérieur, et en particulier de votre palais qui, vous le savez, fait défaut. Pour cela, je ne vois pas d'autre méthode qu'une greffe osseuse. J'envisage de vous greffer des os humains. Je suis dans l'attente d'os de nourrissons qui seraient décédés fortuitement. J'ai informé mes collègues, médecins des hôpitaux civils, du caractère pressant de ma requête. Dès que l'un d'entre eux sera en mesure d'y accéder en me fournissant cette « matière première », si vous me passez l'expression, je pourrai hâter la reconstruction de votre mâchoire supérieure. Cela ne se réalisera pas bien entendu en une seule opération, mais nous sommes sur la bonne voie.

A la nuit tombante, la chambre aux hauts plafonds est silencieuse comme à l'accoutumée. J'appréhende ces nuits agitées, ces cauchemars oppressants qui me réveillent à intervalles réguliers et qui recommencent là où ils s'étaient interrompus, avant que je me rendorme, bercé par le râle sourd de mes compagnons qui s'accrochent à la vie sans le savoir.

Les réveils sont encore plus terrifiants, car ils déchirent le voile de l'irréel.

Seul l'éther parvient à réveiller mon odorat..., pour l'endormir aussitôt. Et le goût, qu'on dit venir du palais, s'efface pour toujours devant la soupe de légumes broyés qu'on m'entube jour après jour. J'ai la sensation que toute ma personne est désormais organisée autour de ce trou, de cette béance qu'on ne sait combler. Seuls les bois de cerfs repoussent après la tombée. Et lorsqu'on en est au point de joindre la lèvre inférieure au bout d'un nez qui n'a plus de cloison, on est incapable d'imaginer comment on pourrait donner forme à ces guenilles.

Je rêve de Clémence chaque nuit. Le jour, je me défends d'y penser, de raviver son souvenir et encore moins d'imaginer son avenir. Ce qui différencie l'animal de l'homme, c'est que l'animal ne fait aucune place au futur. Dans mon cas, ce serait une commodité. Mais le présent n'apporte aucun soulagement non plus.

Je n'ai pas encore le goût de lire les histoires des autres, de me plonger dans la trame de leurs vies, alors que la mienne me paraît si chahutée. Tandis que mes compagnons luttent pour le retour à la conscience, je joue aux cartes, seul; je fais les patiences que mon grand-père m'a apprises. De temps en temps, je fais une pause dans mes réussites pour observer les autres et, dans le silence de cette grande chambre, je ne vois que leurs poitrines se soulever au rythme de leur respiration.

La nuit est tombée depuis plusieurs heures. Le chirurgien entre dans la salle. Il est seul et sa démarche est plus lente qu'à l'habitude. Il tire un tabouret à lui pour s'asseoir. Il se penche sur moi, examine rapidement les plaies.

— On progresse, Fournier, on progresse. Vous êtes hors de danger. Je pense que vous vous en doutiez, non? Maintenant, il nous reste ce trou. Mon problème, c'est comment arriver à endiguer ce flot continu de salive. Tirer de la peau pour refaire la lèvre supérieure, c'est rien; le plus dur, c'est de faire prendre les greffes de cartilages pour que cette peau puisse s'appuyer sur du solide. Vous avez eu de la chance d'une certaine manière : votre langue est pratiquement intacte. Vous avez tout ce qu'il faut pour parler, mais pour que ça devienne audible, il faudrait pouvoir canaliser le son. Pour l'instant, il part dans tous les sens, inévitablement. Mais on va y arriver, vous verrez.

Puis, se retournant pour contempler la salle :

— Pas encore grand monde ici. Si vous voyiez chez le simple soldat : on travaille à guichet fermé. La première salle, de quarante-huit lits, est pleine. De mémoire de chirurgien, on n'avait jamais vu ça. Surtout pour les blessures du visage. C'est à cause de l'artillerie. Les Boches, c'est pas le genre à balancer du petit plomb. La médecine avance, elle fait des pas de géant. D'ici la fin de la guerre, on refera des faces à neuf, comme si rien n'était arrivé. De la destruction massive pour élever le niveau de la connaissance, c'est paradoxal, non? Bon, il va falloir que j'y aille, j'opère à cinq heures demain matin; j'en ai fait quatorze aujourd'hui et il n'y en avait pas deux de pareils, il y a tellement de cas différents que je me demande si un jour on va arriver à une typologie des problèmes. Les jambes, les bras, c'est simple, on coupe. Plus ou moins haut, mais on ne fait que couper. En maxillo-faciale, le problème n'est pas d'amputer, mais de faire repousser, et ça, c'est passionnant. Plus pour nous que pour vous, j'en conviens. Allez, cette fois, je vais me coucher.

Il me fait une petite tape amicale sur le bras en se levant, puis s'en va jeter un œil sur mes camarades avant de quitter la pièce en lâchant un grand soupir.

Il est déjà tard. J'ai décidé de me relever. J'ai mal. J'ai froid de l'intérieur. Je défais un des nombreux lits inoccupés pour me saisir d'une couverture dans laquelle je m'enroule comme un Indien d'Amérique. Je marche dans le couloir en direction des lumières de la rue. Là, à la fenêtre, je trouve naturellement un angle où la vitre, fusionnant l'obscurité profonde de l'hôpital et la lumière des becs de gaz, dessine une image qu'elle me renvoie. Je suis dans ce qu'on appelle une « phase de séchage », je n'ai pas le moindre bandage et je découvre ainsi l'image d'un homme avec au milieu du visage un tunnel aux contours loqueteux. Ce reflet irréel et pourtant vrai ne m'affecte pas ; je m'étonne de ne pas avoir envie de pleurer ni de ressentir la moindre angoisse, et je suis d'autant plus surpris quand mon estomac, consciencieusement, se met à vomir sur la couverture empruntée. Je n'en suis plus à compter les défaites.

Bonnard fait son entrée après la séance de soins du début de l'après-midi Il semble toujours aussi impressionné, à l'affût de détails qui viendraient lui confirmer que c'est bien son ami qui est en face de lui. Il approche sur la pointe des pieds, de peur de réveiller ceux dont on attend fébrilement le retour à la conscience. Il me tend une lettre :

— C'est tout ce que j'ai trouvé dans ta boîte.

Je décachette l'enveloppe. Je ne veux pas lui donner une importance inconsidérée. Cette lettre est mon ultime lien avec le monde. De ma main qui ne sert pas à tenir la lettre, je serre l'avant-bras de Bonnard comme si j'étais au bord d'un précipice. Et je lis :

Cher Adrien,

Le moment que j'ai volé à vos côtés m'a paru bien court, mais d'une délicieuse intensité. J'ai cédé à la profondeur de votre regard, qui donne cette impression de force à votre visage si parfait. Nous avons cédé, j'en suis sûre, à cette folle journée de mobilisation. Vous connaissez mes engagements et la nécessité qu'a de moi celui auquel je suis liée. Se revoir serait une folie. Il ne faut rien construire sur cet attrait physique partagé mais sans lendemain. Il serait trop cruel de votre part de m'en tenir rigueur.

Pardonnez-moi donc de ne vous laisser aucune adresse et de confier aux soins du hasard de nous revoir un jour. Je n'oublierai pas le visage qui m'a enchantée. Merci de me laisser à mes devoirs.

Votre sincère et dévouée,

Clémence

Je replie la lettre consciencieusement. Je la pose sur ma petite table de chevet. Je prends mon ardoise d'écolier, ma craie, et j'écris :

— *Merci de t'être dérangé, cette lettre était importante. Parle-moi de toi, que deviens-tu ?*

— Je suis affecté au bureau d'études de Bachelot et Roy, une usine d'armement qui fait des fûts de canon. J'ai l'impression d'être utile, je participe à l'effort de guerre. Bien sûr, mon nom ne sera pas inscrit dans les livres d'histoire pour les enfants, mais je fais de mon mieux pour aider le pays. As-tu des nouvelles du front ?

Je fais non avec mon index.

— On a eu chaud : les Allemands nous ont fait reculer sur les bords de la Marne. Finalement, on a réussi à les repousser. Il s'en est fallu de peu qu'ils n'entrent dans Paris. Nous avons repris l'offensive maintenant, mais je crains que la guerre ne dure plus longtemps que prévu. Si tout n'est pas terminé avant l'hiver, il faudra attendre au moins le printemps, ou l'été.

Nous sommes dimanche. Bonnard passe le reste de l'après-midi assis à côté de mon lit. Je ne lui propose pas de petite promenade, je n'ai pas le courage d'affronter le regard d'un homme debout, même si c'est un estropié, c'est encore trop tôt. Je condamne donc Bonnard à me parler pendant tout cet après-midi. Et son agilité dans l'art difficile du monologue me montre une fois de plus la finesse de son esprit et la qualité de son amitié.

Je me souviens de son goût pour la peinture et de ses dons que j'ai pu entrevoir lorsqu'il laissait traîner un dessin ou une aquarelle dans sa chambre d'interne à l'école. Je sais que c'est une passion d'autant plus forte que c'est sa petite main qui peint, alors qu'il s'est obligé à écrire de la main gauche. Il me parle des cubistes, ses maîtres, et m'affirme que cette école ne résistera pas à la violence de l'époque. Que lui-même travaille à donner plus d'expression à son travail et que l'après-guerre sera une période de profond bouleversement pour l'art pictural.

Lorsqu'il me quitte à la nuit tombante, sans jamais m'avoir vraiment parlé de lui, il promet de revenir le dimanche suivant.

La dernière infirmière passée, les lumières se sont éteintes les unes après les autres. J'ai rendu mon repas, mon estomac est las de travailler seul, sans aucun soutien de mes dents. Mes glandes salivaires s'emballent en produisant d'énormes quantités de mousse. Je ne sens aucune amélioration sur le chemin de la déchéance. J'attends qu'un nourrisson soit arraché à l'amour de ses parents pour qu'on me ponte la mâchoire supérieure. Celle dont j'attendais un peu de vie m'écrit pour me clouer sur une porte comme une chouette blanche et nous sommes sur le point de perdre la guerre; Bonnard me le cache par amitié.

Je me lève à tâtons pour rejoindre le placard où sont rangées mes affaires militaires, en attente de consignation dès que ma réforme définitive sera prononcée. Mon pistolet est bien là, dans son étui. Erreur administrative : il aurait dû être consigné. Je sens sa lourde crosse. Les balles sont dans la ceinture. J'en prends trois, que j'enfonce avec beaucoup de précautions dans le barillet. Trois balles pour trois bonnes raisons de mourir. J'appuie le canon sous mon oreille, le seul endroit indolore de ma tête.

C'est une étrange sensation que de se sentir à sa propre merci. Un moment privilégié pour réaliser à quel point l'existence se déroule dans la peur de la fin.

Ce n'est ni l'image de ma mère, ni celle de ma sœur ou de mon grand-père qui m'empêchent d'appuyer sur la détente; c'est simplement l'idée que je suis en train de terminer un travail commencé par les Allemands.

Je range finalement mon pistolet dans sa sacoche, là où je l'avais pris. Je referme le placard avec grand bruit, en espérant que mes compagnons vont enfin se réveiller.

Le service occupe maintenant cinq chambres. Au premier étage, deux chambres pour les simples soldats. Au deuxième étage, une chambre pour les officiers subalternes blessés de la face. Au troisième, une chambre pour les officiers subalternes défigurés et, au fond du couloir, une chambre plus petite pour les officiers supérieurs. Cette chambre ne compte qu'un seul pensionnaire, un colonel.

Le premier de mes deux compagnons à sortir de l'inconscience est celui qui tient dans sa main refermée un petit crucifix d'argent. C'est un capitaine de cavalerie tombé lors d'une offensive matinale dans l'Argonne. Henri de Penanster, c'est le nom inscrit sur la fiche accrochée aux barreaux de son lit. Sûrement un Breton. La moitié de son menton a été emportée par un éclat d'obus qui lui a déchiré la carotide au passage. L'œil crevé, l'orbite défoncée, c'est un fer du cheval qui le suivait et qui l'a heurté en retombant tué par les balles de l'ennemi, alors que Penanster gisait déjà, couché par sa première blessure. Penanster aurait dû se vider comme un lapin, si la boue n'était pas venue endiguer l'hémorragie de sa carotide ouverte. Encore conscient et se croyant condamné, il a supplié une petite infirmière de l'avant de lui procurer une croix. Elle a décroché celle qui était à son cou; il l'a prise dans sa main qu'il n'a plus desserrée, même dans ses moments de profonde inconscience.

Il n'avait pas encore repris ses esprits qu'on lui a installé un ouvre-bouche à vis pour lutter contre la constriction des mâchoires. Chaque jour, une infirmière vient mesurer les progrès de l'ouverture buccale, qu'elle note soigneusement sur une feuille de papier suspendue au pied de son lit.

Pierre Weil, le pilote brûlé, est recouvert de matières grasses sur le visage et sur les mains. Lorsqu'il a été touché, son moteur s'est enflammé, lui embrasant les mains et le visage autour des lunettes qui protégeaient ses yeux.

Comme le sort n'en avait pas encore terminé avec lui, l'atterrissage en catastrophe s'est achevé contre un arbre qui l'a projeté en dehors de l'habitacle, le sauvant de l'incendie en lui fracassant le visage.

Il n'y a finalement que les morts qui puissent nous envier. Et encore, j'en doute.

Clémence est en filigrane dans toutes mes pensées. Le sentiment de trahison qu'a fait naître sa lettre ne m'a détourné d'elle que pendant quelques jours. Je sais que je la reverrai, cela dût-il prendre des mois, des années. Je la regarderai se faner, je verrai le temps affaiblir ses contours, creuser sa beauté. Car moi, le mutilé de la face, je ne vieillirai pas. La guerre m'a fait vieillard à vingt-quatre ans. Je n'ai pas eu le courage de me suicider. J'ai eu le courage de ne pas me suicider. La rancœur, l'aigreur menacent. Je fais face à l'ennemi intérieur.

Les feuilles des arbustes de la cour des convalescents ont pris leurs couleurs d'automne.

Elles commencent à tomber, couvertes de givre. La guerre prend ses quartiers d'hiver, chacun se cantonne dans ses positions, dit-on. Bonnard avait raison. Bonnard a souvent raison. De nouveaux pensionnaires ont rejoint la chambre du silence. Aucun ne parle. On se croirait dans une bibliothèque où chacun étudie dans le respect des autres. Les plus hardis se lancent — le plus souvent la nuit — mais le son qui sort d'eux ne dépasse pas celui de l'eau qui bout. Ils sont arrivés, jeunes, moins jeunes. Qu'importe maintenant, les blessures ont aplani les différences.

Les dix places sont occupées, la chambrée a fait le plein. Penanster et Weil ont été installés de chaque côté de mon lit. Penanster fait ses premiers pas, sans toutefois lâcher les barreaux de son lit. On l'a libéré de son ouvre-bouche qui ne donnait pas les résultats espérés. La pince en bois qui lui a succédé a également déçu. On lui a finalement préféré le sac de charbon, qui prend appui dans la mâchoire inférieure à l'aide de cordelettes. Tous les après-midi, il passe une heure debout, dos au mur. Une sangle au front lui plaque la tête contre ce mur afin qu'elle ne bascule pas sous l'effet du sac de charbon qui tire la mâchoire vers le bas. Et tout cela se passe dans une salle qu'on appelle la chambre des suppliciés, un local effrayant où les blessés se succèdent pour des exercices au cours desquels des appareils diaboliques sont censés venir à bout des problèmes de constriction. Les résultats ne se sont pas fait attendre. Il a gagné un centimètre et demi d'ouverture en sept semaines. Plus que trois ans et il sera en mesure d'ouvrir le bec aussi largement que le corbeau de La Fontaine.

Penanster fait sa prière dans l'obscurité, matin comme soir. Je me demande ce qu'il peut bien Lui dire et comment il peut Lui parler sans l'engueuler.

Weil ressemble à un crâne préhistorique, les sinus à l'air. Sa lèvre inférieure est épaisse et lui donne l'air boudeur. Cet homme-là sait rire avec ses yeux. La fumée de l'aéroplane en flammes lui a brûlé les bronches et les cordes vocales, mais je sais qu'il sera le premier à reparler. Et quelque chose me dit qu'on ne le regrettera pas.

Avec l'arrivée des nouveaux, on a augmenté le nombre des infirmières. Je m'étonne qu'elles soient de plus en plus jeunes et de plus en plus jolies.

J'imagine qu'on a souhaité égayer le paysage ordinaire des grands mutilés pour leur mettre du baume au cœur. Je m'en ouvre à l'infirmière-chef, ma complice, qui s'occupe de moi comme d'un nouveau-né, à l'aide de ma petite ardoise et de ma craie.

— La vérité, me chuchote-t-elle à l'oreille à l'heure de la sieste, c'est qu'on a mis les plus jeunes à votre étage parce que, plus bas, elles ne se gênaient pas pour aguicher les blessés. Vous pensez, des mois sans hommes... Tous partis à la guerre. Le résultat, c'est que ça commençait à fricoter. C'est venu aux oreilles du médecin-chef, qui a piqué une colère et a décidé d'envoyer toutes les jeunes à l'étage des maxillo-faciaux : « Comme ça, elles seront pas tentées ! » a-t-il dit.

Alors que la petite cour semble engoncée dans les premiers froids de l'hiver, le médecin m'annonce qu'une maternité parisienne a eu l'obligeance de recueillir le corps d'un enfant mort-né et de le lui transmettre. Les principales pièces du squelette ont été prélevées et, précise-t-il non sans une certaine satisfaction, conservées à la glacière dans de la vaseline.

— Les conditions de votre opération sont réunies. Nous allons vous opérer demain matin à l'aube. C'est une longue opération et, à ma connaissance, une première dans le domaine de la greffe de maxillaire supérieur. Évidemment, il faudra compter deux ou trois mois de consolidation.

Je refais inlassablement le même calcul. Trois mois pour la mâchoire supérieure. Puis trois mois pour le palais. Si tout se déroule normalement, dans six mois je parle. Encore six mois pour tirer le rideau sur tout ça, rabattre lèvre supérieure et joues, et me voilà au grand air.

Aux premières lueurs du jour, quand tout

redevient paisible, que le sommeil a enfin pris le pas sur la douleur de ceux qui souffrent le plus, on vient me chercher. Lycéen, j'avais un professeur de lettres, amateur de mythologie grecque, qui nous racontait souvent l'histoire de Sisyphe. Elle n'avait pas grande signification pour l'écolier que j'étais mais, à chaque veille d'opération, le mythe de l'homme qui roulait sa pierre m'est revenu à l'esprit. La forme de la punition a changé, sa gravité aussi, mais il faut bien qu'elle soit à la mesure des moyens de destruction qui sont devenus les nôtres.

Je rentre une fois de plus dans les vapeurs d'éther pour en sortir la tête écrasée dans un étau qui se desserre jour après jour, et ça recommence. Plus la guerre se prolonge, plus les blessés sont nombreux, plus les doses de morphine postopératoire diminuent, plus on souffre mais moins on en parle — sinon, on ne parlerait que de cela, tant les opérations se succèdent au plus profond des tissus, d'une intimité nerveuse lassée de ces assauts répétés pour des résultats qui, lorsqu'ils sont apparents, relèvent davantage du plâtrage grossier que de la chirurgie esthétique. On renvoie chez eux des types au visage vaguement rafistolé, superposition d'escalopes de veaux couturées, greffons animés d'une bonne volonté changeante, et il n'est que la position des yeux pour nous convaincre que leurs visages ne sont pas à l'envers. Heureusement, on commence à être approvisionnés en bandeaux. Noirs, blancs, œil droit, œil gauche, et demi-visages identiques, qu'il s'agisse de masquer le bas ou de dissimuler ce qui s'étend de la lèvre supérieure au front. Il n'y pas d'orifice pour les yeux, dans ces confections standards. Rares sont ceux qui, touchés en haut du visage, n'ont pas laissé leurs globes sur le champ de bataille. Pour les chanceux il suffit de découper un ou deux trous de la taille d'une grosse pièce. Ils ont tout le temps pour le faire.

En général, le signe du retour à la vie après les opérations, c'est le retour à la table de jeu — un tabouret, en vérité. C'est là qu'on bat la belote. Et la bonne nouvelle, c'est que Weil recommence à parler. Avec une voix d'outre-tombe, mais il est bien le premier d'entre nous à sortir du mutisme.

La moins bonne nouvelle, c'est qu'on tente de lui greffer de la peau pour lui reconstituer le nez. La greffe n'est rien en soi, c'est la méthode qui compte. Ils ont retenu la méthode de greffe à l'italienne.

On fixe le poignet du blessé sur le sommet de son crâne avec une attelle métallique ou un plâtre, de façon que son biceps soit en contact avec son nez. Il suffit alors d'inciser la peau du biceps et de la faire adhérer au nez en attendant que la greffe prenne et que la peau revive d'elle-même. La position biceps sur le nez, nuit et jour, dure des semaines, des mois, le temps que le petit bout de peau adhère sur le cartilage costal greffé dessous. Cette méthode n'est pas vraiment nouvelle, puisque, paraît-il, deux siècles après Jésus-Christ, on l'employait déjà pour refertiliser des lambeaux de nez. Elle a le grave inconvénient d'immobiliser une main qui devient indisponible pour les cartes. Sans parler du bras qui passe en plein milieu de la figure, accaparant la plus grande partie du champ de vision. Et des douleurs musculaires liées à l'inconfort de la position, aux fourmis qui grouillent dans le bras engourdi et privent Weil de sommeil quand la douleur des autres blessures lui laisse un peu de répit.

La nuit, lorsqu'il repose, le triangle de son bras attelé ressemble aux contours d'une voile de goélette bretonne rentrant au port sur une mer d'huile.

Mais Weil est catégorique :

— Je veux un nez, dit-il, et pas un petit nez, un vrai nez de juif.

Weil ne doute de rien. Je ne sais pas encore très bien quelle est la part de frime dans son personnage, mais il fait un bien considérable à toute la chambrée. Il nous assure qu'avant une semaine il aura levé la petite infirmière rousse qui ramasse les bassins le matin, partant du principe que le charme n'a rien à voir avec la beauté, et que c'est précisément de sa laideur qu'elle va s'éprendre.

Une semaine plus tard, il doit confesser son échec.

— Elle ne me trouve pas assez laid, conclut-il. J'ai pourtant fait ce que j'ai pu.

Sa greffe sera un échec, le greffon se mettra à pourrir, car les chairs qui l'accueillent sont trop faibles, trop meurtries, trop carbonisées. Weil devra se contenter d'un nez de carton, un demi-bec d'oiseau, qui servira de modèle à toute une gamme de nez en plastique, jusqu'à ce qu'on lui fixe une prothèse définitive, un nez sorti d'une poupée d'enfant, d'une matière plus proche par sa couleur et sa souplesse de la peau humaine, mais dont l'aspect lisse tranchera sur ce visage définitivement tuméfié dont chaque morceau a sa teinte propre, entre sang et charbon.

Parmi ceux qui nous ont rejoints au début de cet hiver 14, deux sont morts sans jamais avoir repris connaissance. Tous les deux avaient été atteints au crâne.

A la fin du mois de janvier 15, un tout jeune lieutenant d'infanterie a été transporté dans notre chambre. Il s'était fracassé la mâchoire en se tirant un coup de pistolet sous le menton. La balle a bien réussi la partie la plus spectaculaire de son travail en labourant une tranchée verticale sur la face avant de ressortir par le nez, mais le cerveau n'a pas été atteint.

On l'a placé à gauche du lit de Penanster. La rumeur parle de suicide devant l'ennemi, ce que paraît confirmer la trajectoire de la balle. Dans mon esprit, comme dans celui de mes camarades, il s'agit d'un acte de trahison.

Pour Penanster, qui est catholique, la chose est d'autant moins pardonnable. Il demande par écrit qu'on déménage le lieutenant dans une autre chambre. Mais la place manque. Les parties de cartes reprennent en lui tournant le dos.

Je reçois deux lettres par semaine de ma famille, et je leur en écris une. Il existe une sorte de convention entre nous, qui vise à ne jamais parler de l'essentiel et à se diluer dans l'accessoire. Des lettres qu'on pourrait aussi bien écrire, enfant, d'une colonie de vacances, où l'on évite soigneusement de rapporter les émotions, bonnes ou mauvaises, nées de la vie en groupe, pour n'évoquer que le dormir, le boire et le manger. Toutes mes lettres respectent cet ordre dans la narration, et ont pour seul objectif de maintenir ma famille à distance, de l'endormir.

Ma mère me dresse régulièrement la liste des enfants de la commune dont on est sans nouvelles : Lacassagne, Vigeac, Louradour, Despiesse, et les deux fils Castelbujas.

Quand nous étions encore des enfants, la mère des Castelbujas s'inquiétait de tout pour ses deux fils : des sabots de chevaux, des serpents dans les pierres, des escalades dans les arbres, chacun de nos gestes était porteur de drame. Et chaque fois que nous raccompagnions les deux frères chez eux, Bonnard et moi, elle nous attendait sur le pas de la porte, les yeux larmoyants, et elle avait cette phrase qui nous faisait rire d'avance :

— Mes pauvres enfants, comme je me suis fait du souci !

Je ne m'en fais pas trop pour eux. Ce sont des débrouillards, ils finiront bien par retrouver leur chemin.

J'ai appris par Bonnard à qui j'avais demandé de se renseigner que Chabrol est mort trois semaines après le début des combats. Probablement lorsque sa gourde s'est trouvée vide.

Les lettres de ma sœur Pauline sont plus longues et je les sens plus inquiètes. Je sais que c'est elle qui a envoyé les Chaumontel, nos cousins de Nogent-sur-Marne, en reconnaissance à l'hôpital pour me voir. Je les ai fait éconduire en prétextant des soins. Je m'attends à la voir surgir un jour ou l'autre. J'en viens presque à remercier les Allemands de bombarder Paris et d'en tenir éloignés tous ceux qui voudrait me visiter. Mon grand-père a simplement ajouté un petit mot au bas d'une lettre de Pauline : « C'est bien mon garçon, tu fais honneur à ton pays et à ta famille. »

Ma greffe osseuse ne prend pas. Le chirurgien m'assure qu'il n'a pas dit son dernier mot. Je ne suis pas près d'en prononcer un.

L'infirmière qui a éconduit Weil passe près de mon lit. Je l'arrête et lui montre mon ardoise. Elle patiente pendant que j'écris :

— *Voulez-vous voir quelque chose que vous ne verrez chez aucun autre homme ?*

Comme de l'autre main je tiens mon drap très serré à la taille, je vois la couleur pourpre lui monter au visage. Puis je la fixe droit dans les yeux.

Et je lui tire la langue par le nez. Même Penanster en sourit de son seul œil valide. La petite infirmière détale.

Pour la première fois, j'ai fait le tour de l'étage par le couloir circulaire. Je suis parti seul, j'ai croisé quelques regards familiers, habitués, d'infirmières. D'autres n'ont pas pu soutenir de croiser le mien.

Je me suis avancé jusqu'aux fenêtres qui donnent sur le boulevard de Port-Royal. Des tramways, des fiacres, quelques automobiles, un homme qui marche avec beaucoup d'assurance, tenant à son bras une jeune femme blonde à l'élégante silhouette, un jeune homme pressé qui fait virevolter sa canne, des enfants qui courent devant une gouvernante aux cent coups. Un groupe de jeunes gens qui se congratulent. La vie continue comme une rumeur que le bruit du front ne parvient pas à couvrir.

On peut donc avoir vingt ans, ne pas être à la guerre, être entier. Ces gens du dehors ne sont pas des miens, je suis bien mieux ici, au milieu de mes camarades. Je retourne à la chambre à petits pas ; la tête me tourne du grand air des couloirs.

Le chirurgien est persuadé de la nécessité d'une deuxième greffe. La mâchoire inférieure rebouge. Il suffirait que la langue puisse s'appuyer sur quelque chose en haut, qui fasse office de palais, et je pourrais recommencer à parler.

Les plaies externes sont toutes en bonne voie de cicatrisation. L'infirmière me conduit à la salle des moulages pour qu'on prenne l'empreinte de mon visage. Pourquoi un moulage ? Je n'en sais rien et je ne veux plus rien savoir.

Lorsque je pénètre dans la salle, je suis saisi d'effroi. Une trentaine de visages défigurés sont accrochés au mur comme autant de trophées d'une tribu guerrière. Cette difformité ordonnée sur des murs blancs est plus forte que moi. Je recule comme un cheval terrorisé par des fantômes, et je file vers la chambre où Penanster et Weil m'attendent pour faire le troisième à la belote. Ils ont ouvert grand notre fenêtre et l'air encore chaud qui pénètre annonce un automne qui tarde.

Une lettre de ma mère est posée sur mon lit. J'ai toujours la crainte qu'elle n'ait appris la vérité. Mais non, elle me parle de mes menus, me recommande de manger du fromage pour faire de l'os, et ajoute pour finir qu'on a retrouvé les deux frères Castelbujas à deux jours d'intervalle. Morts tous les deux.

J'ai été le premier à occuper cette chambre. En treize mois, j'ai vu défiler de nombreux camarades. Certains nous ont quittés sans plus de bruit qu'ils n'en avaient fait pour venir. D'autres, réparés tant bien que mal, ont rejoint leur famille. Tous nous ont encouragés et ont promis de nous écrire pour nous dire ce qui avait changé dehors, et tous l'ont fait.

Pendant un an, nous sommes restés dans cette chambre sans nous en éloigner autrement que pour parcourir le couloir circulaire à petites enjambées timides.

Aucune musique autre que celle de la douleur n'est parvenue jusqu'à nos oreilles.

Nous avons ingurgité sept cent quatre-vingt-cinq bols de soupe mélangée à de la viande hachée, et seul l'éther a pu réveiller notre odorat résigné.

Nous nous sommes parlé le langage du poisson-mouche.

Nous avons croisé quantité de jeunes et jolies femmes qui n'ont connu de nous que nos poses sur le bassin, l'odeur fétide exhalée par les blessures de l'intérieur, les expressions simiesques de nos traits déformés, de ces visages qui rient, déchirés par l'acier, au paroxysme de la souffrance.

Certains s'en sont pris à Dieu de les avoir élus pour témoigner de cette destruction de l'identité, d'autres s'en sont remis à lui pour renflouer leur âme naufragée. Nous avons tous maudit l'Allemand et tous avons été convaincus de notre utilité.

Les jours se succèdent, tous pareils malgré nos efforts pour animer notre petite communauté. Une vie monacale, la souffrance en plus, l'illumination en moins. Le même renoncement. La même contrainte de rythmes immuables qui apaisent et qui oppressent. L'imaginaire d'un blessé, incarcéré par sa mutilation dans une chambre d'hôpital militaire pendant plusieurs mois, s'ordonne autour d'un petit nombre de pensées répétitives, rarement profondes et que d'autres trouveraient certainement obsessionnelles. La première tâche fut d'éliminer de notre champ de conscience tout ce qui pouvait rappeler que notre vie antérieure s'était normalement organisée autour de nos sens. La seconde, de nous interdire toute projection dans un avenir autre que celui des petits progrès quotidiens de mastication et de prononciation.

Bien avant que nous ayons pu commencer à nous parler tous les trois à la fois, des liens intenses s'étaient tissés entre Penanster, Weil et moi. Le jour vint enfin où, les fondations ayant été jugées suffisamment solides, on me posa une prothèse, un morceau de caoutchouc qui me fit office de palais, séparation de fortune entre la bouche et les sinus. La circulation de l'air redevint normale. Et la langue trouva matière où s'appuyer pour prononcer de premières paroles intelligibles. De longues semaines s'écoulèrent avant qu'on me la fixât. Parfois, la nuit, le caoutchouc s'affaissait pour venir obstruer ma respiration. Lassé de ces étouffements intempestifs qui perturbaient mon sommeil, je me débarrassais de mon sur-mesure en le crachant et il venait choir d'un côté ou de l'autre de mon lit. Le matin, je repassais à la salle de soins où on me le refixait en me faisant jurer d'arrêter mes « tirs de palais ».

Ce petit bout de caoutchouc m'était d'un grand secours pour les *t* et les *d* qui viennent claquer contre le palais. Il donnait une cavité fermée pour tous les autres sons qui, jusqu'ici, se perdaient dans les hauteurs. Le *s* fit sa réapparition dans ma conversation quelques mois plus tard, lorsqu'on me fixa un appareil dentaire sur les maxillaires inférieur et supérieur. Alors que tout semblait aller pour le mieux, on m'ôta le palais qui infectait les chairs, avec recommandation de n'en user que pour de longs dialogues et de le remiser le reste du temps.

Cela créait un étrange formalisme dans mes relations avec mes camarades. J'avais en particulier des conversations soutenues avec un ingénieur des ponts. Il était complètement sourd de l'oreille droite et n'entendait de la gauche qu'avec un cornet. Lorsque l'un ou l'autre décidait de débuter une discussion un peu consistante, il prévenait avec un signe d'un doigt montrant la bouche. J'installais alors ma cloison de fortune et lui son cornet, et nous nous entretenions avec une intensité rare chez ceux à qui la parole ne coûte rien.

Il n'y avait que Weil qui, malgré de réelles difficultés d'élocution, ne s'économisait pas et s'attachait à égayer nos journées par de petites phrases sur tout et sur rien. Penanster avait retrouvé une prononciation proche de la normale, mais sa nature n'était pas d'en profiter et il persistait à compter ses mots comme s'il ne s'en sentait propriétaire que pour un nombre limité.

Je me suis longtemps demandé, par la suite, ce qui avait pu réunir dans une telle complicité un aviateur juif, un aristocrate breton bigot, et un Dordognot républicain laïque. Ce n'était pas notre communauté forcée, puisque la promiscuité aurait pu tout aussi bien nous rendre insupportables les uns aux autres. Nos blessures, bien sûr, nous rapprochaient, et les deux autres étaient toujours là pour accompagner celui qui prenait le chemin de la table d'opération et l'entourer dès son retour. D'ailleurs, la même solidarité existait avec d'autres camarades de notre salle, aussi bien qu'au rez-de-chaussée, chez les estropiés des membres.

Non, ce qui nous avait réunis dès les premières semaines de la guerre, c'était une décision tacite de renoncer à toute introspection, à toute tentation de contempler le désastre de notre existence, de céder à une amertume où le désabusement alternerait avec l'égoïsme du martyr.

Weil, que la curiosité poussait à arpenter les couloirs, avait découvert que, près de la chambre des officiers supérieurs qui ne parvenait pas à se remplir (ils n'étaient toujours que trois), on avait aménagé une petite chambre étroite comme un placard à balais. Du couloir que nous empruntions pour notre petite promenade quotidienne, on apercevait le mouvement furtif des infirmières. Ce discret manège dura plusieurs mois, jusqu'à ce que Weil découvre que la petite chambre abritait une femme.

Un des premiers jours de l'été 1916, à la tombée de la nuit, elle fit une apparition dans le couloir. Un faisceau de lumière qui venait du dehors faisait luire sa belle chevelure. La silhouette était élancée. Elle resta quelques instants à regarder par la fenêtre, sans bouger, nous tournant le dos. Lorsqu'elle se décida à regagner sa chambre, elle nous fit face et nous sûmes alors qu'elle était des nôtres.

Ce soir-là, nous avons rejoint le tabouret de jeu sans la moindre gaieté. Penanster quitta la partie plus vite qu'à l'accoutumée, Weil partit se coucher sans dire un mot, ce qui ne lui ressemblait pas.

Il m'arrive souvent de revoir ce front et ces yeux bleus, parfaitement dessinés, qui surplombaient, désolés, les restes d'un visage meurtri par la guerre des hommes.

Du jour où elle nous croisa dans le couloir circulaire, elle ne reparut plus. Sans doute avait-elle modifié son heure d'escapade fugitive dans ce couloir qui donnait sur le boulevard de Port-Royal.

Cette femme préoccupait chacun d'entre nous plus que nous ne le laissions paraître aux autres. Nous faisions cette guerre pour nos femmes et nos enfants, et cette présence féminine à nos côtés, dans cet hôpital, éveillait en nous un double sentiment négatif — d'échec par rapport à notre mission, et d'impuissance à châtier l'ennemi qui nous avait entraînés dans cette guerre.

Nous savions qu'une action commune de tous trois dans sa direction l'effraierait, de même qu'une démarche un tant soit peu officielle par l'entremise des infirmières risquait de conduire à son éloignement.

Nous convînmes de déléguer Penanster, dont nous pensions que les mutilations n'avaient en rien altéré la distinction. Il n'était pas le moins atteint, mais ses blessures lui avaient laissé un profil droit presque intact, ce que nous constations avec envie, car il conservait un témoignage de ce qu'il était avant sa mutilation.

Nos blessures ne pouvaient qu'effrayer cette femme qui se réfléchissait en nous, miroirs de son infortune, mais lorsque, après des jours d'attente et de guet, elle sortit et se trouva devant Penanster, elle ne se déroba point.

— Nous formons, lui expliqua-t-il, un club d'officiers qui compte à ce jour trois membres actifs et volontiers bienfaiteurs. Nous nous sommes aperçus qu'il y manquait une femme. Voulez-vous en faire partie?

Pour toute réponse, elle nous adressa un sourire chaleureux, le sourire immaculé d'une bouche totalement épargnée, comme ses yeux et son front. Elle était comme un parterre de roses saccagé par le milieu. Elle avait été touchée au nez et aux pommettes, et la déflagration lui avait également crevé les tympans car, comme Penanster poursuivait la conversation, elle continua de sourire, du sourire de ceux qui vivent dans un monde à part.

Penanster comprit alors qu'elle était sourde

et ne pouvait que lire sur les lèvres. Lui seul avait une bouche intacte, où les mots prenaient forme. Je compris aussitôt que ni Weil ni moi ne pourrions jamais nous entretenir avec elle, les mouvements de nos lèvres étaient devenus sans signification car le son des mots reconstitués tels que nous les formions ne parviendrait jamais à son oreille.

Dans le langage qui commençait à s'instituer entre elle et Penanster, notre ami s'étonna de sa présence parmi nous. D'une voix à la douceur tiède qui faisait paraître encore plus injuste sa blessure, elle nous conta alors son histoire. Ebahis, appuyés les uns sur les autres, nous l'écoutions, intimidés par cette grande femme au charisme inaltéré.

Vers la fin de 1915, on manquait d'infirmières. Marguerite s'était portée volontaire. Elle était à cette époque aussi belle qu'inutile. Son père était un orfèvre fortuné, et elle ne manquait pas de prétendants, tous réformés ou embusqués. Elle rêvait de s'éprendre d'un homme courageux. Elle fut affectée d'abord dans un hôpital de l'arrière, où sa beauté créa un tel trouble chez les convalescents aussi bien que chez les médecins que la situation devint insupportable. Sans imaginer probablement ce que serait la réalité, elle persuada un officier auquel elle s'était refusée de l'envoyer dans une antenne de secours de l'avant.

Marguerite n'avait jamais eu peur, mais elle avait beaucoup pleuré et vomi les deux premiers jours devant les membres arrachés, les gorges tranchées, les éventrations de ces soldats qu'on amenait par paquets, entassés les uns sur les autres. Le troisième jour, les remontrances acerbes du médecin-chef avaient asséché ses larmes. Le quatrième jour, un obus allemand tomba sur la grande tente où on colmatait l'hémorragie d'une jambe emportée à mi-cuisse. Elle passait les instruments qu'on ne pouvait plus nettoyer entre deux blessés.

Le souffle emporta les blessés et les soignants : tous furent tués. Sauf Marguerite, défigurée et sourde.

Marguerite devint naturellement le centre de nos préoccupations. Pour lui parler, nous nous adressions d'abord à Penanster, qui lui répétait nos propos par une lente décomposition des syllabes. Comme souvent chez ceux qui sont atteints de surdité, elle redoutait de parler trop fort, et nous ne nous lassions pas de cette voix douce qui contrastait singulièrement avec nos grognements. Elle s'intégra très rapidement à notre clan, même si nos rencontres quotidiennes étaient toujours de courte durée.

Elle n'avait pas informé de son état les membres de sa famille. Elle ne leur écrivait pas. Ils finirent par retrouver sa trace, mais elle refusa de se montrer. Penanster fut dépêché au-devant d'eux pour leur signifier le refus de Marguerite de les recevoir. Lorsque le père, sans se départir de sa suffisance, lui demanda la cause de ce refus, Penanster répondit qu'il l'ignorait. Il sentit que cette fin de non-recevoir soulageait les deux frères, en particulier le plus vaillant des deux, dont la bonne mine d'embusqué contrastait avec le teint farineux du second qui n'arrêtait pas de tousser. Penanster ne parvenait pas à détacher son œil valide du visage de la mère de Marguerite, au point qu'elle parut gênée de cette insistance. Elle ne pouvait pas savoir qu'à travers ses traits Penanster cherchait à reconstituer ceux de sa fille, pour imprimer dans son esprit un ordre définitivement disparu. Il y retrouva une similitude de belles proportions, mais aucune trace de cette bonté qui donnait au visage de Marguerite un éclat que la blessure ne parvenait pas à ternir. Pour finir, Penanster salua et tourna le dos à cette famille de bourgeois haussmanniens qui semblaient sortir d'une médiocre pièce de boulevard où la tristesse finissait par l'emporter sur la bouffonnerie.

Louis Levauchelle nous avait rejoints en novembre 1915. Sa blessure était très semblable à la mienne et à celle de bien d'autres blessés de l'étage. Un trou au milieu du visage, comme si les chairs avaient été aspirées de l'intérieur. Il avait déjà subi dans des hôpitaux moins réputés que le nôtre trois tentatives de greffe. Cartilages de porc, de truie, de veau. Toutes trois rejetées.

Les photos de sa femme et de ses deux fils reposaient à son chevet. Elles ne l'avaient pas quitté pendant ses quatorze mois de combat.

Levauchelle faisait souvent le quatrième à la belote.

Pendant les premiers mois de guerre, la hiérarchie militaire encourageait les blessés maxillo-faciaux à rester casernés dans leurs hôpitaux, même lorsque leur état leur permettait de sortir. L'étalage de nos blessures risquait de compromettre le moral d'une nation engagée dans une guerre qu'on ne parvenait pas à conclure et qui exigeait un engagement croissant. Les visites étaient autorisées au compte-gouttes et se déroulaient dans un parloir du rez-de-chaussée, qui ressemblait à une salle de classe d'un lycée parisien un jour d'examen, avec deux bureaux et quatre chaises.

Levauchelle écrivait fréquemment à sa famille, mais, comme chacun de nous, il n'avait jamais eu le courage d'avouer la gravité de son état.

La première visite de sa femme et de ses enfants eut lieu le 21 juin 1916, premier jour de l'été.

Dans la matinée qui avait précédé, Levauchelle m'avait consulté pour savoir quelle tenue de sortie serait la plus appropriée. Il hésitait entre garder ses pansements, porter un bandeau noir ou tout simplement laisser ses blessures à l'air libre. Je lui conseillai le bandeau, estimant que c'était encore le moins impressionnant. Il était agité comme un enfant.

Je revois, à son retour, sa grande silhouette remontant le couloir vers la chambre. Quand il me vit, il s'effondra sur mon épaule. Comme il n'était pas en état de parler, il se laissa tomber sur sa couche. Nous l'avons entouré, Weil et moi, de notre présence impuissante jusqu'à la tombée de la nuit, et l'avons quitté à l'extinction des feux.

Au réveil, que je savais d'expérience être le moment de la plus grande difficulté morale, je m'approchai de son lit. Si mon odorat ne m'avait pas fait défaut, j'aurais pu être alerté par l'odeur du sang répandu. Il s'était donné la mort.

La veille, il avait demandé à une infirmière de lui procurer un paquet de bonbons pour ses enfants. Comme elle sentait que sa démarche allait manquer d'assurance, elle lui avait proposé de l'accompagner jusqu'au parloir.

Ni sa femme ni ses enfants ne l'avaient reconnu. Le plus grand des garçons s'était enfui en courant dans le couloir et en criant : « Pas mon papa, pas mon papa ! » Sa femme avait repris les enfants par la main, lui promettant de revenir quand il serait « plus en état ».

Une messe fut dite pour Louis à la chapelle de l'hôpital. Quatre compagnons de chambre, ceux dont les blessures n'avaient pas affecté le sens de l'équilibre, y assistaient. Le prêtre officia d'une voix monocorde. Depuis combien de temps enchaînait-il ainsi service funéraire sur service funéraire?

J'appris de Penanster qu'il avait dû longuement insister auprès du prêtre pour qu'il acceptât de dire cette messe pour un suicidé. Au milieu du service, Marguerite apparut, longue silhouette au visage dissimulé dans un foulard, et elle vint s'agenouiller au dernier rang.

A la fin de l'office, nous sortîmes tous ensemble. Penanster, qui nous précédait, s'arrêta dans le couloir qui nous reconduisait aux chambres et se retourna pour nous faire jurer avec lui qu'aucun d'entre nous ne mettrait fin à ses jours. Le corps fut ensuite enlevé pour l'enterrement qui devait avoir lieu à Marnes-la-Coquette. Il y a comme ça des lieux dont le nom ne colle pas à toutes les circonstances

Weil proposa que nous fassions une demande de sortie pour le 14 Juillet. L'idée ne m'enthousiasmait pas. Penanster considéra qu'il était temps d'affronter le monde. Pour Marguerite, il était encore bien trop tôt.

La question vestimentaire fut tranchée par la décision de sortir en uniforme et bandeaux. J'avais pu récupérer mes effets militaires. Par miracle, ils avaient abouti à la blanchisserie de l'hôpital et m'étaient revenus immaculés, alors que je m'attendais à les retrouver aussi défigurés que moi. Penanster se fit prêter l'uniforme d'un officier de cavalerie du premier étage. Weil ne parvint pas à mettre la main sur un uniforme d'aviateur et se coula finalement dans celui d'un lieutenant d'infanterie. Les manches de sa vareuse lui remontaient à mi-bras, et son pantalon avait peine à recouvrir ses chaussettes.

L'escadron des « naufragés » se mit en marche vers les onze heures du matin. Je n'ai pas le souvenir d'avoir connu, à aucun moment de ma vie, une peur aussi intense. Même avant mes opérations les plus graves, je n'ai jamais ressenti une telle détresse, un tel vertige. C'était comme si l'on me demandait de traverser Paris de toit en toit.

En descendant vers la Seine, Penanster, décidément le plus présentable de nous trois, marchait devant, tête haute. Puis Weil, le regard à l'horizontale. Je fermais la marche, les yeux obstinément rivés sur les plaques d'égout.

Le ciel, d'un bleu délavé, semblait brassé par des vents d'altitude.

Un vieil homme qui rentrait chez lui après sa promenade matinale s'arrêta sur le seuil de son immeuble. Il nous détailla lentement l'un après l'autre, puis il souleva son chapeau pour nous saluer. Je n'avais jamais réalisé que l'air pouvait être aussi abondant. Au point de devenir oppressant, comme tout élément qui s'impose au-delà du nécessaire.

Paris semblait désert. Des femmes, quelques femmes, des personnes âgées, comme si tout un pays était parti quelque part.

A cinquante mètres, un bataillon d'enfants emmenés par une jeune femme blonde se dirigeait droit sur nous. Il était temps de renoncer. Je tirai mes camarades par la manche. Mais Weil était décidé à s'acheter un croissant. On eut beau lui expliquer que le pain, déjà, se faisait rare, il s'obstina, comme pour donner un but à notre promenade. Une boulangerie faisait le coin du boulevard. La devanture était vide; la boulangère nous apparut de dos, astiquant son présentoir. Weil pénétra le premier dans la boutique avec nous sur ses talons, collés à lui comme des wagons à une locomotive. La femme se retourna. Les yeux exorbités, elle lâcha son chiffon et une miche de pain noir qu'elle tenait de l'autre main. La miche roula pour s'immobiliser aux pieds de Weil. Sans lui laisser le temps de la ramasser, la boulangère se précipita pour reprendre son bien, comme on arrache son enfant des mains d'un étranger. La miche blottie dans ses bras, elle recula jusque derrière son comptoir. Penanster s'avança, faisant mine d'ignorer son effroi, et lui demanda très poliment :

— Trois croissants, je vous prie.

— Des croissants, des croissants ! Vous n'y pensez pas ! répondit-elle. J'ai que du pain noir, deux miches et déjà vendues.

Puis elle conclut en nous dévisageant une dernière fois :

— Z'êtes pas allemands, au moins ?

Nous tournâmes les talons, et Weil se mit à rire à gorge déployée. Je tremblais de tout mon corps comme si l'hiver entier venait de s'abattre sur moi et suppliai mes amis de rentrer. Penanster et Weil me ramenèrent.

Comme, un peu plus tard, je les invitais à ressortir sans moi, ils me proposèrent une partie de cartes sous le prétexte que je les avais plumés la veille.

Nous n'avons plus jamais évoqué le souvenir de cette débâcle.

L'évocation de notre passé ne dépassait jamais le moment de la mobilisation.

Weil parlait souvent de l'ivresse de l'altitude, quand il allait survoler les lignes allemandes. Il disait parfois ne pas être parvenu à maîtriser le tremblement de ses membres lorsqu'il s'installait dans l'habitacle après l'annonce d'un appareil ennemi. La peur disparaissait dès que l'hélice se mettait à tourner. Dans les airs, il se sentait invincible, comme si la vie devenait irréelle. Aujourd'hui encore, il n'avait qu'une idée en tête : voler de nouveau.

Comme j'aimais le faire parler de son expérience d'oiseau qui nous donnait de rares occasions de nous envoler, il se plaisait à décrire longuement cette jubilation procurée par un sentiment d'immortalité.

Je ne l'ai vu amer qu'une fois.

C'était l'heure de la sieste. Nous étions installés tête-bêche sur son lit, les pieds posés sur les barreaux, le nez en l'air, les yeux rivés au plafond.

— Tu sais ce que c'est, un corbeau dans un nid d'aigle? demanda-t-il d'un ton que je ne lui connaissais pas.

Comme je ne répondais pas, il poursuivit :

— C'est un juif dans l'aviation française.

Il sentit probablement mon embarras et continua.

— Le plus grand privilège de l'aviateur, c'est son droit à une mort individuelle. Les fantassins, eux, meurent en troupeau. Et les membres de cette élite n'aiment pas le chat noir qui passe devant leur avion, même s'il a descendu autant d'Allemands qu'eux. Aucun de ces beaux messieurs n'a jamais cherché à prendre de mes nouvelles. C'est étrange, ne trouves-tu pas?

— Tu ne penses pas plutôt que c'est parce que tu ne venais pas de la cavalerie?

— C'est peut-être ça.

Penanster passait de longues heures dans des livres d'histoire. Quand il ne lisait pas et qu'il n'était sollicité pour aucune partie de cartes, il sculptait une Vierge dans un morceau de frêne que le père d'un de nos compagnons de chambre lui avait procuré.

Sa foi me tourmentait. Je ne concevais pas qu'on puisse rendre grâce à la divinité qui nous avait relégués dans cette si pitoyable humanité. Je m'en ouvris à lui un jour que nous faisions notre tour de couloir. Il me répondit comme s'il cherchait à imprimer un ordre à l'existence qui avait été la sienne avant la guerre. Les choses ne sont rien en elles-mêmes, à moins qu'on ne les installe dans une logique qui leur donne un sens. Et Penanster savait sans aucun doute mieux que quiconque lier la cause et la conséquence. C'est ce qui le rendait souvent implacable dans ses jugements. Mais malgré cette apparente rigidité de conviction, il avait un grand respect des autres.

Son enfance gardait, dans son souvenir, la même dureté que le granit du manoir familial. Son père était lieutenant de vaisseau. Son navire ayant été éperonné dans les brumes du petit matin, en mer de Chine, par un cargo transporteur de caoutchouc, il avait passé quinze heures accroché à une pièce de bois avant d'être recueilli par une jonque de pêcheur.

Il fut porté disparu pendant six mois, et la famille porta son deuil. Sa femme sombra dans une mélancolie qui paraissait irréversible. C'est alors qu'il réapparut, ramené au port de Lorient par un bateau de la marine marchande. Il mourut vingt-cinq jours plus tard, d'une pneumonie provoquée par quelques gouttes d'eau croupie dans ses poumons et entretenue par l'humidité de la mousson. Sa femme sombra alors pour de bon dans la folie. Penanster avait seize ans.

Je compris qu'il existait une foi qui ne ressemblait à rien de ce que j'avais pu envisager jusqu'ici. Penanster ne cherchait aucune protection divine, sa relation avec le Créateur n'avait rien de celle du maître et de l'élève. Il distinguait les croyants, dont il s'honorait de faire partie, des superstitieux. « Les premiers donnent, disait-il. Les seconds donnent pour recevoir. » Il pensait que l'homme, dans sa quête de certitude, courait à sa perte, que Dieu lui avait attribué un degré de conscience qui lui permettait de comprendre les grandes questions, mais que jamais le Créateur ne lui avait assigné la tâche d'y répondre, tâche qu'il s'était réservée. C'est ce qu'il appelait le grand malentendu. Avec Penanster la religion prenait un sens bien différent de celui donné par les caricatures des enseignements et les comportements des dévots qui avaient croisé mon enfance et dont la foi n'était rien d'autre qu'une volonté de domination par la morale.

Mais, pour moi, il était trop tard.

Lorsque mon propre père avait senti sa dernière heure approcher, cinq ans plus tôt, il nous avait convoqués, ma sœur et moi, pour que nous trinquions à son départ. J'étais descendu à la cave en toute hâte chercher une bouteille de champagne, tout en sachant que les premières gouttes allaient l'achever. Comme il portait la coupe à ses lèvres, je sus qu'il se préparait à ne plus jamais nous revoir, ici ou ailleurs. Jusqu'à l'ultime instant je crus qu'il allait faire appeler un prêtre, lui dont la mère suivait l'office deux fois par jour. Il n'en fut rien, et il s'éteignit sans la moindre pensée pour une vie éternelle. Il avait proclamé la fin de son existence devant ses enfants sans leur laisser le plus petit espoir de retrouvailles.

Ne pas croire était pour lui la forme accomplie d'un courage dont il nous montrait la voie, en me détournant de la foi pour toujours.

Nous n'évoquions jamais l'avenir entre nous, mais je commençais à y penser. Par petites touches successives. Il s'annonçait aussi douloureux que le passé. Ou plus. Le passé nous avait pris par surprise, comme la foudre sur un arbre tranquille. L'avenir s'approchait à petits pas de vieillard. Le futur immédiat paraissait le plus effrayant. Un jour ou l'autre, il faudrait se décider à sortir pour de bon. Je crois que mon renoncement à notre première tentative avait soulagé Penanster et Weil, mais nous savions qu'il faudrait y retourner. Nous avions, pour gagner du temps, l'alibi des nouveaux qui arrivaient par trains entiers de Verdun. La capacité d'accueil du service maxillo-facial avait été doublée. Nous avions de quoi nous occuper. Toutes les semaines un nouvel arrivant tentait de se donner la mort en s'ouvrant les veines ou en se pendant au réservoir d'eau des toilettes. Nous, les anciens, devions persuader de pauvres gosses qui avaient perdu un ou plusieurs sens qu'il leur restait de bonnes raisons de vivre. Ils ne tarderaient cependant pas à comprendre qu'ils n'avaient pas seulement perdu le goût, l'odorat, l'ouïe ou la vue, mais devaient en outre faire une croix sur le désir.

Penanster, dont chaque geste, chaque parole, traduisait le courage, en imposait aux nouveaux arrivants, tentés de s'apitoyer sur eux-mêmes, et Weil les bousculait par ses plaisanteries qui faisaient rire même ceux qui n'avaient plus de bouche. Il leur racontait qu'il avait intenté un procès aux services de santé à cause du nez en aluminium peint qu'on lui avait provisoirement installé, un nez droit comme celui d'une bonne sœur.

L'histoire qui réjouissait le plus son auditoire était celle d'un lieutenant-colonel, fils de sénateur, légèrement blessé à la joue et qui avait exigé d'avoir une chambre individuelle — ce qui lui avait évidemment été refusé.

Chacun se demandait ce qu'il faisait là, avec cette blessure à peine aussi large qu'une égratignure de ronce. Les femmes devaient lui manquer. Il avait remarqué qu'en haut de la cloison des toilettes, un trou large comme un œil-de-bœuf donnait sur les latrines des infirmières. Un jour, il grimpa sur la cuvette, se hissa sur la pointe des pieds, et poussa un hurlement déchirant. Le lieutenant-colonel avait glissé au fond de la cuvette, se brisant le pied resté coincé dans l'orifice.

Weil passait de l'un à l'autre comme un félin et savait repérer les plus fragiles. Il organisait des tournois de cartes, enseignait les échecs. Il avait même reconstitué, dans un coin de la salle, une sorte de cabine d'aéroplane où il apprenait des rudiments de pilotage aux nouveaux qui ruminaient entre deux opérations. Et aucun blessé ne pouvait repartir sans une maquette de biplan, en carton ou en bois.

Un curieux événement rendit pour quelque temps consistance à mon avenir. Un matin, alors que je faisais ma ronde d'étage pour me dégourdir les jambes, un vacarme inhabituel se produisit dans la cage d'escalier. C'était un grand Noir, nu comme un ver, poursuivi par deux infirmières et un chirurgien empêtré dans son tablier. Le Sénégalais s'était réveillé pendant son opération, au premier coup de bistouri, et s'était enfui à toutes jambes. On le rattrapa de justesse au poste de garde.

L'idée me vint aussitôt de partir pour l'Afrique, une fois la guerre terminée. On disait que les sauvages y respectaient les grands blessés.

Un lieutenant d'artillerie me raconta que son oncle, défiguré en 70, avait rempilé dans la coloniale pour se donner du champ. Il lui avait rapporté que, là-bas, un guerrier défiguré devenait un seigneur.

J'en parlai à Weil, qui ramena la question aux femmes.

— Je suis sûr qu'elles ne font pas la différence entre un beau Blanc et un Blanc défiguré. En plus, à ce qu'on dit, elles ont des formes plus que généreuses. Même que, parfois, il faudrait leur raboter la croupe. C'est une drôlement bonne idée, ton histoire d'Afrique! Je te propose une association : on amène deux ou trois avions. Je m'occupe du pilotage, et toi de la mécanique. On va faire un malheur.

Cette perspective nous redonna du courage pour un temps, comme tous ces rêves auxquels on veut croire même lorsqu'on sait qu'ils ne se réaliseront jamais.

Penanster était assis sur le petit banc de la cour des convalescents et le soleil qui illuminait son bon profil, celui qu'il avait conservé presque entier, donnait un reflet à son œil vert qui nous scrutait de biais. Je me souviens de ce jour car jamais, depuis, je n'ai eu une surprise de cette taille. Nous étions le 24 juin 1916.

Penanster tirait tranquillement sur sa cigarette anglaise.

Il se mit à parler avec ce timbre de voix grave qui gardait toute sa majesté, malgré le léger chuintement qui tenait à ses dents brisées.

— Mes amis, commença-t-il à la fois solennel et gêné, nous ne pouvons pas laisser nos sens à l'abandon.

Weil me jeta un regard circonspect.

— Je vous propose une sortie. Il nous faut à présent affronter le regard des femmes. Après, il sera trop tard; le manque de confiance aura eu raison de nous. C'est le moment de réagir.

Puis, comme s'il anticipait notre réaction :

— Je sais que, venant de moi, cela peut vous paraître choquant, mais nous sortons là du cadre moral ordinaire. Nous sommes dans un contexte particulier, sans rapport avec les préoccupations banales du bourgeois bien portant.

Il marqua un temps d'arrêt, et reprit :

— Notre première sortie n'a pas été ce que nous pourrions appeler une réussite. Nous avons abdiqué collectivement.

Pointant son doigt sur Weil :

— Nous autant qu'Adrien, n'est-ce pas?

Weil acquiesça sans mot dire.

— Mes amis, conclut Penanster, je me permets donc de vous proposer une virée au bordel le plus proche. Il s'agit là d'un devoir sacré, nous sommes bien d'accord?

Je m'attendais à ce qu'il déplie une carte d'état-major et qu'il entoure la cible. Et, puisque notre ami venait de nous expliquer que nous étions en service commandé, nous décidâmes de livrer cette bataille le cœur léger.

Nous obtînmes la permission de sortir le surlendemain après-midi. C'était la deuxième en deux ans et demi; nous n'avions pas le sentiment d'abuser.

Ce mélange de mission et d'escapade de collégien n'était pas pour me déplaire. Je sentais qu'il n'en était pas de même pour Weil, bien qu'il parût le plus leste de nous trois. A la réflexion, c'est probablement pour cette raison qu'il était le moins à l'aise.

Penanster quitta la forteresse hospitalière en tête, sans pansement ni bandage. Weil suivait, toutes blessures à l'air, son grand caramel, comme il le disait lui-même, étalé à la face du monde. Quant à moi j'avais recouvert mes blessures de mon bandeau noir, qui en cachait l'essentiel.

Le lupanar se trouvait à quelques minutes à pied du Val-de-Grâce, dans une petite rue proche de Montparnasse, au fond d'une cour sur laquelle donnaient des ateliers d'artistes.

Nous restâmes quelques minutes à observer la porte de l'antre. Il en sortit deux bourgeois.

Notre affaire ressemblait en tout point à un coup de main. Ce n'est qu'une fois la voie libre que Penanster fit mouvement vers la porte. Il s'immobilisa et, avant de frapper le heurtoir, il se retourna vers nous et murmura, comme pour se convaincre lui-même :

— Il n'y a rien de plus impitoyable que le regard d'une prostituée, n'est-ce pas ?

Weil répondit que, tant que nous n'avions pas de belle-mère, il était difficile de se prononcer.

La mère maquerelle qui ouvrit la porte était tout à fait conforme à ce que nous étions en droit d'attendre : une tête de poisson fardée pour le carnaval, la peau distendue au point de faire balcon à tous les étages.

L'endroit était de dimensions modestes, et d'un mauvais goût uniformément réparti. La couleur pourpre des murs donnait à la pièce un faux air cossu et les meubles Second Empire sortaient tout droit d'un grenier de campagne.

106

Deux vieux messieurs cachés derrière un grand journal du jour semblaient attendre leur tour, confortablement installés dans l'anonymat de la fumée de leur cigare.

La ribaude ne dissimula pas son étonnement en découvrant notre équipage.

— Eh bien, mes pauvres garçons, dans quel état ils vous ont mis ! Je suis désolée, je n'ai plus de fille disponible. D'ailleurs je ne suis pas certaine qu'elles acceptent.

— Elles préfèrent probablement de vieux embusqués, gronda Penanster. Ou des réformés de complaisance, peut-être. Ou pourquoi pas, des Boches !

Un rictus de dinde dévoila une rangée de dents gâtées :

— Je vais voir ce que je peux faire. Asseyez-vous dans le coin, je vais vous servir des rafraîchissements. Soyez gentils, restez là. Vous comprenez, je ne voudrais pas que mes autres clients... enfin... je reviens. Vous avez de l'argent, au moins ?

Au regard de Penanster, elle comprit que la question était déplacée. Elle revint dix minutes plus tard, tirant par la main deux jeunes femmes échevelées qui essayaient de se rajuster :

— Ces trois messieurs sont venus spécialement pour vous, mesdemoiselles. Je vous demande de faire honneur à notre maison.

J'encourageai Penanster et Weil à passer

les premiers. La maquerelle s'éloigna de sa démarche de volaille en m'assurant que je n'aurais pas longtemps à attendre.

Une porte cachée derrière une tenture s'ouvrit sur un homme jeune et élégant qui ne paraissait pas craindre le regard des autres. L'instant d'après, une fille qui ne devait pas avoir vingt ans, des cheveux blonds défaits, des joues colorées masquant difficilement le reste d'un visage blafard, s'approcha de moi.

Elle me salua d'un bonjour de gamine que l'on présente à un grand-oncle éloigné.

Je fermai la porte derrière moi.

Elle se dénuda sans pudeur et sans la moindre esquisse de provocation. Puis elle resta là, plantée au milieu de la pièce, dans l'attente d'un mot, d'un ordre.

Ses formes étaient parfaites, ce qui ajoutait à ma confusion.

— Je dois vous dire, mademoiselle, que je vous trouve très belle et, pour être franc, tout à fait à mon goût. Je ne suis pas venu ici contraint, pas du tout, mais à la suite d'une sorte de pari que j'ai fait avec des amis.

Elle écoutait mon discours avec un ennui manifeste, mais avec une certaine reconnaissance pour la trêve qu'il lui accordait.

— Pour dire vrai, repris-je, je n'avais jamais mis les pieds dans un endroit pareil, et je n'en avais pas l'intention, si ce stupide pari... Alors comme nous avons un peu de temps, nous pourrions peut-être causer?

— Causons, c'est toujours ce que me disent les vieux messieurs qui ne peuvent plus. Vous êtes vieux, vous aussi?

Comme je ne répondais pas, elle dit encore :

— C'est à la guerre que vous vous êtes fait ça?

— Oui.

— Vous avez de la chance. Mon frère, lui, il est mort.

— Oui, j'ai certainement eu de la chance.

— Alors, qu'est-ce qu'on fait? On cause ou on bouge. Si on cause, vous n'allez pas demander un rabais?

— Non, pas du tout.

— Alors de quoi va-t-on parler? Surtout qu'avec ce bandeau qui tombe sur la bouche, je ne comprends pas tout ce que vous dites.

Sans se rhabiller, elle s'assit au coin du lit, les genoux serrés.

Le désir et le sentiment de ma dignité engagèrent alors en moi un combat sans merci.

Comme je la dévisageais, d'autres images de visages féminins se superposèrent au sien. C'étaient ceux de Clémence et de Marguerite. L'amour et le respect.

Le désir l'emporta.

Il ne me restait plus qu'à régler mes comptes avec cette tristesse qui s'empare des âmes lorsque l'acte a été consommé sans amour.

En me rhabillant, et pour me donner bonne conscience, je voulus lui prêter une attention particulière. J'aurais pu sombrer dans le ridicule en lui proposant de la sortir de là. Il me restait suffisamment de pudeur pour n'en rien faire. Je lui promis une visite prochaine, ce qui était le dernier de ses soucis.

Penanster et Weil m'attendaient dans le petit boudoir de l'entrée. Je sentis à leur regard que j'avais été un peu long.

Nous payâmes sans discuter, laissant même un généreux pourboire.

Sur le chemin du retour, Penanster nous offrit sans un mot une de ces cigarettes anglaises qu'il s'était procurées je ne sais où, et qui avaient comme un goût de voyage.

De tout le trajet, nous n'avons pas prononcé une seule parole, chacun ayant suffisamment de quoi débattre avec lui-même.

C'est Weil qui rompit le silence alors que nous approchions du poste de garde :

— C'est toujours comme ça, quand on est dans le malheur. On croit que le pire s'est déjà produit, tout ce qu'un homme est capable d'endurer. Eh bien non, il reste toujours quelque chose. Il nous manquait la syphilis. C'est probablement chose faite, à présent.

Nous n'avons plus jamais évoqué cet épisode entre nous, jugeant qu'il n'y avait pas matière à s'étendre. Le plus difficile fut certainement d'éluder les questions, mêmes discrètes, de Marguerite sur notre première escapade.

L'été 1916 passa comme les précédents. J'eus l'avantage de n'être opéré qu'une seule fois. Penanster subit une nouvelle tentative de greffe osseuse, qui échoua.

Weil reçut deux greffes de peau.

Malgré cela, je conservais l'avantage. Au nombre d'opérations que nous comptabilisions chacun sur un bout de bois, par des encoches faites au couteau, je conservais une respectable avance.

J'en comptais sept. Penanster et Weil étaient à égalité avec cinq chacun.

La guerre nous amenait chaque jour un nombre croissant de mutilés de la face. Les complications respiratoires dues aux gaz rendaient plus difficile la tâche des chirurgiens. Notre travail nous donnait satisfaction. Pas une seule tentative de suicide depuis avril.

Notre relation au temps changeait. L'idée du futur s'estompait. Nous vivions dans le présent, pour ne pas dire dans l'immédiat. Et dans la douleur, qui s'invite sans gêne à tout moment du jour et de la nuit, joue, simule des sorties définitives pour revenir s'imposer avec une violence qui surprend chaque fois. Les journées étaient interminables, sans perspective. La guerre se déroulait au loin, derrière un rideau de fumée. Les jeunes restaient à l'aguet de la moindre nouvelle du front, d'une avancée significative. Les anciens, parce qu'ils pensaient que notre cause était juste, ne doutaient jamais de la victoire, tout en affichant de la distance avec ces soubresauts qu'on nous annonçait avec un enthousiasme excessif. Nous finissions par craindre ces fugitives sorties de léthargie. Chaque fois que cette guerre de position reprenait le mouvement, il s'en suivait tant de morts qu'aucun homme de la salle n'était à l'abri de mauvaises nouvelles sur un père, un frère, un ami fauché dans la masse. C'était autant de misère qui s'ajoutait à notre état.

Les échanges épistolaires avec ma famille restaient d'une banalité qui me permettait de coller au quotidien, en évitant de donner la moindre information sur mes blessures. Je n'avais rien à leur dire sous peine de dévoiler la réalité de mon état, et je n'étais pas homme à inventer. Je postais cependant une lettre par semaine, qui reprenait mes menus — viande hachée, soupe. Je m'attachais à poser le plus grand nombre de questions sur la santé de notre entourage, et chaque fois qu'on m'apprenait qu'un de mes copains du village ou de l'école avait été amputé d'un bras ou d'une jambe, je me disais, soulagé : « En voilà au moins un peinard! »

Chacune de ces lettres ravivait en moi le souvenir du pays. De ces matinées d'automne où je partais en forêt avec mon père et mon grand-père. C'était le grand-père qui déclenchait le plan de bataille, la veille au soir, avec de savants calculs qui intégraient la lune, la durée des dernières pluies et l'intensité de l'ensoleillement qui avait suivi. Le verdict tombait le plus souvent à la fin du souper, quand ma mère se levait pour desservir. Mon grand-père était absorbé par ses pensées, le menton reposé sur le plat de ses poings, et c'était chaque fois le même rituel.

Tant qu'on ne lui demandait rien, il ne disait rien. Puis, venait la question :

— Dis, grand-père, y vont se trouver?

Il laissait passer une ou deux minutes de silence, sans jamais laisser présager sa réponse par le moindre signe de tête.

Puis le verdict tombait :

— Il se pourrait bien qu'ils se trouvent...

Je me mettais alors à sauter sur ma chaise comme un cabri. Restait à connaître les prévisions sur l'ampleur de la cueillette.

— On prend les paniers ou les sacs à pommes de terre, grand-père?

S'il répondait les sacs, c'est qu'on allait vers une journée à plus de dix kilos de cèpes.

A l'automne 1913, sur les deux premières semaines d'octobre, on en avait fait quarante kilos. La moitié partait à la famille et le reste en bocaux.

Personne mieux que mon grand-père ne connaissait les coins. Et quand on pénétrait dans la forêt, au petit matin, il s'arrêtait et, les narines dilatées, inspirait profondément :

— Tiens, mon drôle, sens la terre qui fume!

Un subtil mais constant mélange de terre humide, de fougères et de feuilles de châtaigniers venait alors flatter mon odorat.

Ce parfum-là, je ne le sentirais plus jamais. Et chaque fois que j'y pensais, je m'attendrissais et il me venait des larmes. J'acceptais plus volontiers ma difformité que cette perte irrémédiable du goût et de l'odorat.

L'hiver 1916 fut un hiver de trop.

Bonnard m'avait envoyé une lettre triomphale à la mi-octobre, pour m'annoncer qu'il avait enfin obtenu d'être envoyé au front et qu'on allait le verser dans l'artillerie. Je pensais qu'on allait l'utiliser pour des calculs de trajectoire, plutôt que pour le tir.

Le 23 décembre, veille de Noël, je reçus une lettre de sa mère, m'annonçant que Alain venait d'être tué dans un bombardement. Jusque-là, je n'avais jamais douté de cette guerre, de la nécessité de la faire et j'avais accepté d'en souffrir jusqu'à la perte de moi-même. Elle venait de me prendre mon plus vieil ami, celui qui, dans mon esprit, aurait dû être le dernier à périr. Je ressentis un immense désarroi de n'avoir pu le protéger, de n'avoir pas été là pour le recouvrir de mon corps lorsque l'obus était tombé. Curieusement, j'avais le sentiment d'être confronté à la mort pour la première fois. J'avais connu d'autres morts, souvent proches, mais Bonnard et moi c'était un partage d'esprit. On doit éprouver une sensation semblable lorsqu'un jumeau s'en va.

Cette guerre devenait absurde, et le simple fait de le reconnaître nous rendait fragiles. Jusqu'où faudrait-il aller pour entrevoir sa fin? Dans notre village de Dordogne, nous comptions déjà trois morts et un défiguré. Et nous n'avions pas progressé d'un pouce.

J'avais compté sur Alain pour l'après; j'avais besoin de son amitié pour revenir à la vie civile, pour m'aider à accepter le regard des autres, mais, décidément, cette guerre ne respectait rien; elle avait emporté Bonnard.

Le 2 février 1917, au matin, la surveillante d'étage pénétra dans la salle et se dirigea droit vers moi, un sourire triomphant sur les lèvres.

— Lieutenant Fournier, vous avez de la visite! Je lui ai dit que vous étiez là, et en pleine forme. Elle vous attend au parloir.

— Qui?

On était en train de me tendre une embuscade.

— Votre sœur. Elle s'est présentée au poste de garde.

— Ma sœur? Nom de Dieu!

— Vous n'avez pas l'air content.

— Si, je suis ravi.

Puis, marquant un temps d'arrêt :

— Ravi. Mais ne pouvez-vous pas lui dire que je suis souffrant et qu'elle reporte sa visite de quelques jours?

— Mais, lieutenant, je viens de lui dire que vous étiez en pleine forme! Elle avait l'air tellement inquiète, la pauvre jeune fille. Elle m'a même demandé si vous n'aviez pas perdu un bras ou une jambe. Je lui ai répondu qu'il n'y avait rien de tout ça et que vous étiez entier.

— Entier, vous lui avez dit entier?

— Pour sûr, lieutenant.

Cette femme en avait trop vu. Elle ne se rendait plus compte.

— Hâtez-vous! Elle vous attend et elle se fait une telle joie!

J'avais envie de vomir. J'ai mis mes vêtements en tremblant. Penanster m'a prêté son plus grand bandeau. J'ai repensé à Levauchelle; je me suis promis de garder ma dignité et de ne pas souffrir quoi qu'il arrive.

Je l'ai aperçue du fond du couloir. Elle m'est

116

apparue toute petite, bougeant sans cesse, acharnée sur ses ongles. Elle avait mis une belle robe, pour moi. J'aurais tant voulu la protéger, mais il était trop tard, je ne pouvais plus reculer. C'est probablement ma démarche hésitante, dans ce couloir inondé de la lumière de la cour des convalescents, qui a d'abord attiré son attention. Elle est venue à ma rencontre de sa démarche de petite fille modèle.

Puis je l'ai vue porter ses mains à ses yeux, avant de venir s'effondrer sur ma poitrine. Je suis resté immobile.

Nous nous sommes assis dans le parloir, l'un à côté de l'autre. Elle a posé sa tête sur mon épaule et nous sommes restés là, un long moment, muets comme des amants dans l'attente du train qui va les séparer.

Je lui ai longuement parlé d'elle, de l'adolescente que j'avais quittée, de la femme que je venais de retrouver. Je lui ai rappelé nos querelles d'enfants, nos disputes.

Avant qu'elle ne parte, je lui ai recommandé de prendre soin de notre famille. Je lui ai fait remarquer qu'elle m'avait reconnu, et que tous mes camarades n'avaient pas cette chance.

Elle s'en est allée, titubante, me promettant de revenir bientôt.

Je me suis demandé si elle en aurait la force.

Ma mère s'annonça quelques semaines plus tard.

Comme à son habitude, elle s'agita, fureta dans tous les sens. Elle m'abreuva de nouvelles insignifiantes, dressa un catalogue exhaustif de mes blessures, prit des dispositions d'ordre matériel. Tout ce qui touchait au matériel confortait son optimisme.

Ma mère était à la fois horripilante et réconfortante, car elle était incapable de donner aux événements la moindre intensité dramatique.

Son fils n'avait pas été défiguré. Il était tout au plus privé de certaines parties de son organisme qui se révélaient, de fait, ne pas être indispensables.

L'intelligence limitée de ma mère avait survécu à l'ombre de la personnalité de mon père. Celui-ci disparu, elle avait retrouvé sa vraie nature : celle d'un écureuil qui s'affaire dans la crainte de l'hiver.

L'année 1917 se déroula sans fait marquant et, pour nous trois, sous le signe de la plus parfaite égalité. Deux opérations chacun.

Les journées s'étiraient, paresseuses, sans émotions. La grande offensive du général Nivelle nous sortit de cet engourdissement. Le massacre fut tel que, pour la première fois, on dut garer des gueules cassées dans les couloirs. Pour la première fois aussi, nous sentîmes la révolte et la rancœur de soldats qu'on avait envoyés au casse-pipe pour rien. Même les officiers n'avaient plus cette belle fierté de l'ouvrage nécessaire et ne se privaient pas, pour ceux qui en étaient encore capables, de beugler contre cet état-major d'abrutis.

L'entrée des Américains dans la guerre calma les esprits ; on allait peut-être en finir.

L'odeur de l'éther, même à l'autre bout d'un couloir, me rendait malade ; c'était la seule odeur qui réussissait à s'imposer à moi.

Le chirurgien travailla à me rendre une bouche fonctionnelle. Le résultat ne fut pas à la hauteur de ses prétentions, et ma vie quotidienne n'en fut pas significativement modifiée.

Marguerite fut envoyée en permission de longue durée vers la fin de l'été 1918. Le chirurgien était parvenu à consolider le gros œuvre, qu'elle avait moins atteint que nous, bien que son apparence fût tout aussi gravement affectée que la nôtre. Il jugea utile de lui offrir un répit de plusieurs semaines avant de s'attaquer, selon sa propre expression, aux « finitions ». Nous considérions ces médecins avec beaucoup de respect, et eux-mêmes nous traitaient avec beaucoup d'égards. Il n'empêche que leurs résultats en matière de « finitions » n'étaient pas à la hauteur de leurs espérances, malgré de considérables progrès tout au long de la guerre.

Marguerite venait nous rendre visite deux fois par semaine et nous passions désormais plus de temps avec elle que lorsqu'elle était hospitalisée et que les infirmières tendaient à faire barrage entre elle et notre communauté masculine de défigurés.

Penanster parlait de la longue permission de notre amie comme d'une punition, tant il lui paraissait que notre petit monde était le seul où nous fussions à l'abri.

Marguerite était rentrée chez elle sans prévenir. Elle avait sonné à l'entrée de service. La domestique, qui ne la connaissait pas, la prenant pour une colporteuse, lui claqua la porte au nez. Elle sonna alors à la grande porte. Un vieux serviteur lui ouvrit. Ses parents donnaient une réception ce soir-là. Le vieil homme, qui était au service de sa famille depuis plus de quarante ans, eut un geste de recul, puis porta la main à sa bouche; elle put très distinctement lire sur ses lèvres :

— Oh! mademoiselle Marguerite, je suis vraiment confus, mais nous ne vous attendions pas... Comment dire... je vais... prévenir Madame et Monsieur.

Ses parents apparurent, en grande tenue. Ils ne manifestèrent aucune tendresse. Après tout, se dit-elle, pourquoi aujourd'hui plus qu'avant?

Leur gêne ne l'étonna pas davantage : comment ne pas être désemparé devant de telles blessures, et, qui plus est, sur un visage de femme ? Mais cette gêne venait d'ailleurs : Marguerite dérangeait la soirée. On rameuta la domesticité pour qu'elle soit entourée et ne manque de rien, et en contrepartie on la pria de rester dans sa chambre. Ses deux frères firent une brève apparition un peu plus tard dans la soirée, ivres et désinvoltes. Tous deux avaient été réformés. L'un pour une tuberculose qui valait bien une guerre ; l'autre parce que son père l'avait fait dispenser, estimant que la disparition probable d'un de ses fils suffisait à son malheur. Aucun des deux ne s'enquit de l'état de leur sœur, lui jetant légèrement :

— Tu verras, Margot, les médecins font des miracles maintenant.

Et ajoutant :

— Au fait, tu aurais pu donner un peu plus de nouvelles ; on s'est fait un sang d'encre. On se reverra demain. Profitons de cette petite fête, cette période de guerre est si ennuyeuse.

Le soir même, Marguerite prit la décision de quitter à jamais cette touchante petite famille. Ce qu'elle fit dans la nuit. Elle était assez contente d'elle, et de son niveau de ce qu'elle appelait « lippo-lecture ». Elle se fit la réflexion que ses parents avaient conservé l'habitude de s'écouter parler au point de ne pas même remarquer qu'elle était sourde.

Elle se rendit dans un petit hôtel de la rue Saint-Honoré et, de là, elle se mit à la recherche d'une chambre qu'elle trouva le lendemain même. Dans l'attente de nouvelles greffes, elle reprit du service comme infirmière aux Enfants-Malades.

De vague de blessés en vague de blessés, la guerre nous imposait à nouveau son rythme. De courtes périodes de calme succédaient à l'afflux frénétique de défigurés. Mais cette fois, c'était sûr, tous ces blessés annonçaient une victoire proche.

J'étais le doyen de l'étage, celui qui avait passé toute la guerre dans cet hôpital. J'étais devenu une sorte d'oracle pour les nouveaux arrivants qui, dès qu'ils reprenaient conscience, venaient m'interroger sur la suite du programme.

Sous l'impulsion des anciens, la communauté des blessés de la face commençait à s'organiser, à s'exprimer.

Certains écrivirent des poèmes à la gloire des hommes sans visage. D'autres réalisèrent un journal qu'ils intitulèrent *La Greffe générale*, dont la régularité de parution dépendait des interventions chirurgicales subies par ses rédacteurs.

La nouvelle de l'armistice, le 11 novembre

1918, a déclenché un grand mouvement de joie à notre étage. Nous nous sommes tous embrassés, certains étaient secoués d'interminables sanglots. C'était aussi un immense soulagement : tout cela n'avait pas été pour rien. Tout à notre joie de la victoire, nous n'avons pas remarqué que le petit Marseillais qu'on nous avait amené l'avant-veille et qui, depuis, n'arrêtait pas de claquer des dents s'était éteint sans bruit dans son coin. Ce fut notre dernier mort.

Le 12 novembre, l'enthousiasme de la victoire était retombé comme les feuilles d'automne.

Nous imaginions la démobilisation, tous ces hommes sains et saufs rejoignant leur famille. Tant qu'ils étaient là-bas, au front, dans la boue et le froid, sous l'étreinte de la prochaine offensive, nous en arrivions à nous considérer comme chanceux : ils risquaient plus que nous.

Maintenant que les canons s'étaient tus, que des cohortes de soldats démobilisés retrouvaient les leurs dans l'allégresse, nous nous sentions les derniers des vivants.

Entre l'armistice et ma sortie de l'hôpital, cinq mois se sont écoulés et j'ai subi deux opérations supplémentaires, pour « tirer le rideau », pour fermer ce puits qui, à jamais, était le mien.

J'ai quitté le Val-de-Grâce le 4 avril 1919, un

matin de printemps et de pluie glaciale. Mes seize opérations ne m'avaient pas rendu visage humain, et j'avais la collection la plus impressionnante de bandeaux de corsaire pour dissimuler mes blessures.

Penanster et Weil devaient suivre quelques semaines plus tard. Au moment de nous séparer, nous nous sommes promis de nous retrouver dès que possible, et pour la première fois j'ai vu une larme au coin de l'œil du Breton.

Weil, lui, s'en est tiré par une dernière fanfaronnade :

— Tu te rends compte, toutes ces femmes qui nous attendent derrière la grille depuis près de cinq ans!

Le temps nous trompe. Je m'attendais à retrouver Paris tout à la joie de la victoire. J'avais imaginé que la fête se prolongerait jusqu'à mon retour et que je descendrais le boulevard Saint-Michel sur un matelas de cotillons et de confettis. Au lieu de cela, le monstre paraissait assoupi.

Les femmes l'avaient soutenu à bout de bras. Elles semblaient épuisées par cet exercice solitaire des lourdes responsabilités. Dans cette ville toute à son activité retrouvée, les hommes jeunes et entiers semblaient rares et presque suspects de ne s'être pas fait tuer. On aurait pu imaginer qu'après une guerre aussi totale que celle-ci, nous allions connaître de grands changements. Il n'en était rien, chacun retrouvait ses habitudes comme de vieilles pantoufles. Ce retour à la normale ressemblait fort à un événement que j'avais vécu quelques années auparavant. A l'automne 1912, les écuries du château de Peyrelevade avaient pris feu par le côté où l'on entassait les fourrages. Appelé à la rescousse, comme tous les jeunes alentour, je me souvenais d'avoir sorti un grand cheval de selle dont les yeux exorbités traduisaient une frayeur incontrôlable, au point qu'il faillit m'arracher le bras qui tenait son licol. La bête tremblait en s'aspergeant de l'écume de son affolement. Quelques minutes plus tard, elle broutait paisiblement le contour d'un massif de fleurs.

Il est difficile de parler de convalescence après quatre ans et huit mois de prison blanche.

Je ne me sentais pas encore tout à fait le courage de regagner le petit appartement où flottait la mémoire de Clémence. J'ai donc accepté l'offre de mon oncle Chaumontel de venir, selon sa propre expression, me refaire du sang.

Le frère aîné de ma mère s'était marié tardivement avec une femme beaucoup plus jeune que lui, qui lui avait laissé trois filles avant de s'éteindre de la tuberculose en 1911.

Mes cousines, qui sortaient à peine de l'adolescence, me fêtèrent en héros. Toutes trois avaient la même fraîcheur, la même gentillesse pour leur cousin. Leurs attentions me tournaient la tête après ces cinq années d'univers masculin.

Encore affaibli par ma dernière opération, je m'installais dans une chaise longue en osier sous le grand cèdre du Liban qui donnait au parc sa majesté. Je regardais, émerveillé comme un enfant, les va-et-vient de cette maison pleine de vie.

L'activité semblait ne jamais cesser, le personnel s'agitait, dressait des tables, arrangeait des bouquets de fleurs. Mon oncle aimait que sa maison fût remplie et je renouais avec les déjeuners dominicaux qui débutent à midi pour s'éteindre à cinq heures, laissant les convives éparpillés à l'ombre des arbres. Certes, la nourriture n'était pas celle que nous avions connue avant guerre, mais les bouteilles de bourgogne avaient profité de ces années pour se bonifier. Ma bouche ne m'en restituait pas le goût, mais je profitais de l'ivresse et de son illusoire bien-être.

Ma mère et mes sœurs nous avaient rejoints pour deux semaines. Le prétendant de ma cousine la plus âgée passait ses journées avec nous. Ce paradis des bords de Marne, à Nogent, comptait dix-sept pièces qui ne désemplissaient pas.

J'avais écrit à mon employeur, la maison Nallet et Grichard, pour leur faire part de mon souhait de reprendre le travail début juillet, date qui me paraissait le terme raisonnable de ma convalescence. Je ne m'étais pas appesanti sur la nature de mes blessures.

M. Grichard me répondit par lettre qu'il me recevrait avant cette date, pour étudier les modalités de notre future collaboration. Nous convînmes d'un rendez-vous en mai.

Je pris le train jusqu'à la gare de Lyon et, de là, le tramway jusqu'à la rue de Milan.

Je n'étais pas préparé à cette brutale promiscuité des transports parisiens, et mon premier réflexe fut de fuir les regards des gens, dans lesquels je croyais lire un mélange de pitié, de compassion et de gêne.

La guerre était terminée depuis six mois, mais ses résidus allaient continuer à déambuler pendant de nombreuses années. Le regard de mes concitoyens me donnait à penser qu'ils n'étaient pas encore prêts à nous accepter.

Certains hommes, le plus souvent d'âge mûr, manifestaient leur gratitude en soulevant leur chapeau sur mon passage. Dans le tramway, dans le métro, les passagers se levaient pour me laisser la place réservée aux invalides de guerre. Je déclinais l'offre en répondant chaque fois :

— Je vous remercie, je n'ai pas été atteint aux jambes.

Naturellement, la concierge du 9, rue de Milan ne m'a pas reconnu.

— Vous êtes ?

— Adrien Fournier, madame Robillard.

— Le jeune ingénieur qui a commencé ici en mars 1914?

— C'est cela.

— Oh! mon Dieu, je suis vraiment désolée...

— Il ne faut pas, madame Robillard, il ne faut pas.

Combien de fois allais-je entendre ces condoléances pour survivant!

— Vous êtes attendu?

— Par M. Grichard.

Le père Grichard était un petit homme qui rehaussait sa taille par une allure martiale. Il était associé fondateur de Nallet-Grichard. Je ne l'avais jamais beaucoup aimé. Il me paraissait avoir la franchise du serpent.

Il me serra la main en évitant mon regard, me fit asseoir, prit une cigarette, l'alluma et, le regard négligemment égaré vers la fenêtre, commença :

— Monsieur Fournier, vous m'aviez annoncé dans votre lettre que vous aviez été touché, mais je ne savais pas que c'était à ce point. Chemin des Dames, Verdun, la Somme?

— Une embuscade dans la Meuse, en 14.

— Vous dites? Je n'ai pas très bien compris.

— Je dis : une embuscade dans la Meuse, en 14.

Mon élocution restait difficile, mais je croyais avoir été clair.

— Une embuscade dans la Meuse en 14 et

vous sortez seulement de l'hôpital? Diable, ils n'y ont pas été de main morte, les Boches! Une blessure profonde?

— Assez...

— Je vous demande pardon?

Les doubles *s* m'étaient assez pénibles à prononcer; ils demandaient une finesse de palais à laquelle je ne pouvais plus prétendre. Je dus répéter :

— Je disais : assez profonde...

Je lui aurais volontiers tiré la langue par le nez mais le risque était trop grand.

— Ah! oui, je vois. Et, selon vous, combien de mois seront nécessaires pour votre rétablissement?

— Je suis rétabli, monsieur.

— Vous êtes rétabli. Excusez-moi. Simple question, bien entendu. Et vous souhaitez reprendre du service?

— C'est cela, monsieur, je souhaiterais retrouver mon poste.

Il tira sur sa barbe, l'air pensif, puis continua à mi-voix, comme s'il souhaitait que je l'entende sans se donner à lui-même l'impression de parler.

— Difficile, difficile...

— Je vous demande pardon.

— Je disais : difficile. Pour ne rien vous cacher, notre situation n'est pas très bonne. Nous faisions des ouvrages d'art civils et, bien entendu, en période de guerre on ne fait pas

131

d'ouvrages d'art civils. Aujourd'hui, les dommages causés par la guerre nous ouvrent de nouvelles perspectives, mais la question est : qui paiera ? Les caisses de l'État sont vides. Les Boches n'ont pas encore versé un sou. Il s'agit là d'un grave problème.

« J'en vois également un autre, monsieur Fournier. N'y voyez surtout rien de personnel, mais dans votre état, je ne peux plus vous employer comme ingénieur commercial. Vous comprenez la difficulté. Rien de personnel, Fournier, rien de personnel. Je n'ai pas besoin d'ingénieur technique : Plassard, qui a été réformé en 14 pour une fragilité pulmonaire, fait très bien l'affaire ; il maîtrise parfaitement son domaine et nous donne toute satisfaction. Il a beaucoup progressé au cours de ces cinq dernières années.

« Comme vous le voyez votre situation pose de réels problèmes. Réfléchissez, et si vous ne trouvez pas de solution par vous-même, nous tâcherons de faire un effort. Je pense à quelque chose pour vous au bureau d'études, si toutefois vous n'aviez pas d'autre solution. Pas comme ingénieur, malheureusement, mais quelque chose de commode, sans trop de contacts extérieurs. Réfléchissez, j'insiste, faites votre tour de la place, et si vous le voulez bien, reparlons-en. De toute façon, nous ne laisserons pas un héros de la guerre dans l'embarras, soyez-en certain.

— Monsieur Grichard, dis-je, je voudrais

insister sur le fait que je suis un blessé de guerre. Pas un infirme, un blessé de guerre.

— N'ayez crainte, j'avais bien fait la différence. Restons-en là pour l'instant, si vous le voulez bien. Je vous raccompagne. Donnez de vos nouvelles et nous aviserons. A bientôt, monsieur Fournier.

Je pris le train de sept heures comme si je rentrais d'une journée de travail. En chemin, je pensai à l'Afrique comme à une terre promise. J'imaginai ces grands Noirs courbés sur le passage du seigneur de la guerre. Il fallait qu'on reparle de ce projet avec Weil. Et ces regards... Quand donc tous ces gens cesseraient-ils de me regarder ?

La famille au complet était attablée sous le grand cèdre. A mon arrivée, tous se levèrent d'un seul mouvement et se mirent à applaudir, des larmes pleins les yeux. L'aînée de mes cousines, Adèle se jeta à mon cou. Ma sœur Pauline me prit par la main, essuyant ses yeux d'une manche.

Mon oncle Chaumontel s'approcha, un verre à la main, se délectant de la nouvelle dont il retardait l'annonce à plaisir :

— Mon neveu, tu as une lettre de Clemenceau.

Satisfait de son effet, il poursuivit :

— Une lettre du Tigre lui-même !

Je me demandai ce que le président du

Conseil pouvait écrire à un officier qu'on s'apprêtait à réintégrer dans un bureau d'études, une soupente qui recevait la lumière naturelle trois heures par jour.

Je pris la lettre et la lus à haute voix. Chacun retenait son souffle.

L'en-tête était bien celui du président du Conseil. Le style était bien celui d'une haute autorité. La première nouvelle était qu'on allait me faire chevalier de la Légion d'honneur. La seconde, qu'on m'avait retenu pour figurer dans une délégation de grands blessés français qui seraient présentés aux chefs d'État qui allaient signer le traité de paix à Versailles.

Je savais que ce moment resterait à jamais grand dans ma mémoire et j'en éprouvais une grande fierté. Je venais de passer en un instant du bureau d'études au traité de paix de la guerre mondiale. Ce bref passage dans l'histoire de mon pays résonnait comme la reconnaissance attendue de notre sacrifice.

L'événement fut fêté tard dans la nuit, comme une réussite au baccalauréat. Toute la famille m'entourait, me choyait comme un enfant prodigue. Cette chaleur m'apporta un réconfort dont je commençais seulement à m'avouer la nécessité. Je craignais que ma mère ne vienne gâter cette merveilleuse soirée par une de ces phrases stupides dont elle avait le secret, mais il n'en fut rien.

Le lendemain, je demandai à ma cousine de m'accompagner jusqu'à mon appartement, où je souhaitais récupérer des affaires civiles. Sa beauté un peu espiègle me servait de caution pour traverser Paris. Je l'utilisais comme appât pour détourner les regards de moi. Elle se prêtait à ce jeu avec beaucoup de complaisance, jusqu'à créer un doute sur la vraie nature de notre relation en se serrant contre moi dans le tramway.

Personne n'avait pénétré dans cet appartement depuis cette nuit d'août 1914 où la rencontre avec Clémence m'avait amené à retarder mon départ.

L'entrée était toujours aussi sombre. La concierge nous tournait le dos et j'en profitai pour allonger le pas en soulevant Adèle, agrippée à mon épaule. Cet effort me tournait la tête. Mon corps se plaisait à me rappeler l'oubli dans lequel les années de Val-de-Grâce l'avaient plongé. Prétextant le désordre et la saleté de cinq années d'absence, je demandai à Adèle de me laisser pénétrer seul dans l'appartement.

Je me dirigeai directement vers la chambre, sans un regard pour les autres pièces. La fenêtre était restée entrouverte, la brise attirant le rideau transparent par de petites aspirations irrégulières. Le lit était toujours défait. Je cherchai dans le mouvement des draps un dessin qui me prouvât qu'elle était revenue, qu'elle avait séjourné dans cette pièce pendant mon absence. Je scrutai le moindre recoin en quête d'une lettre, d'un mot d'un bout de papier griffonné, de n'importe quoi.

Elle n'avait pas même rabattu la couverture. J'y voyais le signe d'un départ précipité par la culpabilité, à la lumière du jour.

Je m'assis au bord du lit et me mis à pleurer. Adèle entra dans la pièce, sur la pointe des pieds, comme si elle craignait de me réveiller. Elle posa ses mains sur ma tête et, sans que jamais son regard ait croisé mes larmes, nous repartîmes pour Nogent.

Sur le chemin du retour, Adèle tenta mille diversions pour m'arracher à ma torpeur, puis elle me parla de son prétendant, de ses doutes sur ses sentiments. Je compris que j'étais devenu une sorte de confident et que ma difficulté à parler me prédisposait à écouter les autres.

Enfin, comme si j'étais un homme de grande expérience, et bien que ce ne fût pas là le genre de conversation naturel entre un homme et une jeune fille, elle m'interrogea sur les sentiments amoureux, sur la vie quotidienne d'un couple et posa d'autres questions dont je ne connaissais pas la réponse. Pour elle, j'étais un homme de trente ans. Mais j'étais resté cinq ans sous l'éteignoir.

Ma joie de revoir Penanster et Weil fut plus forte que celle d'être convié à un événement historique. Je reconnus deux autres camarades du Val-de-Grâce que j'avais croisés à plusieurs reprises à l'étage des simples soldats. Une voiture militaire était venue nous chercher aux Invalides pour nous conduire à Versailles, où allait se signer le traité de paix.

Un officier d'ordonnance nous accompagna pour guider nos pas au milieu de cette foule de messieurs en chapeaux, civils ou militaires, parlant des langues différentes. Je pensais qu'étaient réunis là, dans ce palais, ces hommes de toutes nations, vieux pour la plupart, qui décidaient seuls des guerres, et pour des motifs certainement très différents de ceux qui nous avaient poussés au combat. J'étais moins impressionné par le fait de figurer aux côtés d'hommes d'État comme Clemenceau que par celui de voir les Allemands pour de vrai — et pour la première fois.

Je me mis à imaginer la détresse d'être à la fois blessé, comme nous l'étions, et vaincu, comme l'étaient les Allemands. Mais cette réflexion ne s'accompagnait d'aucune compassion, et je sentis un flot de bile m'envahir lorsque la délégation allemande pénétra dans la galerie des Glaces, avec une raide dignité destinée à contrebalancer le poids de la défaite.

La galerie des Glaces était disposée comme une cathédrale dont on aurait omis de surélever l'autel. L'officier d'ordonnance nous conduisit à un officier supérieur, lui-même chargé de nous amener près du président Clemenceau. A mesure que nous approchions de la grande table officielle, mon appréhension grandissait comme celle d'un homme qui prend place dans une fosse d'orchestre alors qu'il se sait incapable de déchiffrer une note.

Clemenceau nous aperçut le premier. Nos blessures, autant qu'une certaine gaucherie, ne passaient pas inaperçues. Le président du Conseil s'avança vers nous, serra nos mains. Dans le brouhaha, je l'entendis qui disait : « Je veux qu'ils voient et qu'ils sachent. » Puis, s'adressant directement à nous : « Vous étiez dans un mauvais coin, ça se voit. » Une larme coula au coin de son œil.

On nous installa sur le côté, comme des choristes au service du dimanche matin, face à la délégation allemande qui ne pouvait donc pas nous ignorer. La cérémonie des signatures fut longue. Je dus pousser Weil du coude à deux reprises pour qu'il ne s'endorme pas. Ce fut une grande journée, et je m'en retournai convaincu que c'était bien la dernière des guerres qui s'achevait.

D'ailleurs, les journaux le disaient : ce qu'on avait imposé aux Allemands en cette belle journée de juin 1919 nous mettait à l'abri de la guerre pour toujours.

Malgré l'insistance de mon oncle Chaumontel, qui aurait souhaité que je profite plus long-temps de sa maison, je me décidai à regagner mon appartement dans le courant du mois d'octobre. Je revenais néanmoins passer toutes les fins de semaine à Nogent, heureux de retrouver la chaleur de mes cousines. Ma mère et ma sœur étaient reparties pour le Périgord, où mon grand-père commençait à trouver le temps long.

Le père Nallet, qui avait eu vent de mon sou-hait de réintégrer mon poste, me convoqua en novembre. Il s'excusa presque de ne pas avoir été présent lors de mon entrevue avec Grichard : il était alors dans la Somme, où il tentait vainement de retrouver la dépouille de son fils, disparu dans les marais pendant l'hiver 1916. La guerre lui avait pris cet enfant, et comme si cela ne suffisait pas, elle refusait à ses parents une sépulture qui l'aurait rapproché d'eux.

Il comptait sur moi pour le début décembre. On verrait plus tard quelle serait la nature exacte de mon travail.

C'est ainsi que je retrouvai mon appartement et ses fantômes.

Weil, fidèle à sa passion, trouva du travail chez un constructeur d'avions et n'avait qu'une idée en tête : voler de nouveau. Il travaillait près du Bourget et dormait sur place pendant la semaine. Le samedi soir, il rentrait chez ses parents, près de Montmartre.

Nous passions régulièrement cette soirée du samedi dans des estaminets du quartier, à descendre de longues pintes de bière et fumer des cigarettes anglaises.

Penanster avait regagné son manoir breton. Je l'avais soupçonné de vouloir se retirer de ce monde en rejoignant les franciscains, mais, pour l'heure, il travaillait assidûment à mettre sur pied une association destinée à regrouper et aider les camarades qui avaient fait le sacrifice de leur apparence. Weil pensait que sa générosité prendrait le pas sur la tentation de la réclusion. Penanster nous écrivait souvent. On sentait chez lui une jubilation de l'écriture, à laquelle il accordait un grand rôle dans la manifestation de l'amitié. Ni Weil ni moi n'avions de pareilles dispositions, et si nous n'étions pas toujours capables de réciprocité, il ne nous en tenait pas rigueur. Ses lettres continuaient à nous parvenir avec régularité, diffusant une chaleur égale. Il gérait son domaine qui, sans être d'un grand rapport, lui permettait de subsister.

C'était le début d'une époque où nous fûmes très sollicités par le ministère de la Guerre, qui nous adressait régulièrement des invitations pour le théâtre, l'opérette, le concert. Nous avions nos places réservées dans tous les spectacles de Paris. Nous formions un spectacle dans le spectacle, avec nos visages bandés qui faisaient tache dans la salle et qui, à l'entracte, concentraient l'attention du public. Certains en étaient encore à découvrir ce que cette guerre avait eu d'impitoyable. On entendait parfois, dans le silence, le sifflement respiratoire d'un de nos camarades, blessé de l'intérieur par les gaz.

Je prenais goût à la musique et je n'hésitais pas à échanger une place d'opéra bouffe contre une place de concert.

Le 14 décembre, on donna le *Requiem* de Fauré au théâtre des Champs-Élysées. Weil avait décliné l'invitation et nous n'étions que deux à occuper les chaises réservées aux grands blessés. Je reconnus mon voisin, qui était à ma connaissance le seul à avoir perdu simultanément les deux oreilles lors d'une déflagration. Nous avions partagé la même chambre pendant l'été 17. Je lui murmurai quelques mots, sans attendre de réponse, car je me souvenais qu'il avait également perdu l'usage de la parole. Il parvint malgré tout à sourire et à me montrer la joie qu'il avait de me revoir. Je lui demandai son adresse, l'informant que Penanster bâtissait une association dont nous souhaitions le faire profiter. Il me la griffonna sur un petit bout de papier et rajouta, en bas de la feuille : « On les a eus, n'est-ce pas ? » Pour toute réponse je lui serrai très fort le bras.

Ensuite, la musique nous enveloppa.

J'aimais ce *Requiem*, il me faisait pleurer. Rien à voir avec ces pleurs qui vous trahissent en public lorsque l'émotion vous submerge. Ni avec ceux qui vous enfoncent dans la solitude de votre détresse. Ces larmes jaillissaient de la rencontre entre le meilleur de l'homme et le souvenir des horreurs qui avaient failli conduire l'humanité à sa ruine.

Elle était là.

Son visage m'apparut comme la proue d'un navire, quelques instants avant une collision tragique. Son profil parfait semblait flotter dans la lumière. Son regard, dans le contre-jour, m'offrait des couleurs qui n'avaient jamais quitté ma mémoire.

Je me sentis sombrer dans la folie. La tragique histoire de la mère de Penanster me revint à l'esprit. J'avais, jusqu'ici, le sentiment d'avoir réussi à opposer à la fatalité une résistance presque enjouée, mais mon esprit n'était pas assez robuste pour affronter la réalité de cette femme, que la maturité avait encore embellie.

Si Dieu avait existé, j'aurais souhaité qu'il vienne, là, m'ôter la vie. Ma tête roula sur l'épaule de mon camarade, qui comprit que j'étais pris de malaise. Il voulut me porter assistance, mais je lui saisis la main, et l'assurai que tout allait bien. Puis, je me glissai parmi la foule pour gagner la sortie. En me levant, je sentis son regard se poser sur moi, puis il revint à l'orchestre avec la même nonchalance que j'avais remarquée cinq ans plus tôt. Je ne devais rien lui rappeler, sinon que cette guerre laissait derrière elle quelques décombres ambulants.

Je restai de longues minutes dehors, sous une pluie battante, fumant cigarette sur cigarette. Quand mon paquet fut complètement vide, je retournai à l'entrée. La fin du concert était proche. Je partis à la recherche d'un taxi et donnai au chauffeur la consigne de m'attendre. Je dévisageais toutes les femmes qui une à une quittaient le théâtre, au point de susciter l'effroi, par la seule vertu de ce visage désarticulé qui s'avançait, inquisiteur, dans la nuit.

Lorsqu'elle apparut enfin, elle était au bras d'un homme de mon âge.

Sa prestance, sa probable bonne éducation ne parvenaient pas à dissimuler un empressement que Clémence semblait vouloir repousser, pour le moment, en évitant toutefois l'offense d'un refus définitif. Elle était donc libre, puisque courtisée. L'homme semblait déployer beaucoup d'énergie pour l'amener là où elle n'était pas décidée à se laisser conduire.

Cette élégance étudiée, ce raffinement de l'homme que tout avait épargné me paraissaient insupportables, autant que ce jeu de séduction qui ne voulait pas finir.

Au moment où je sentais la haine me gagner, Clémence renvoya son prétendant de ce geste de la main qu'ont les femmes pour couper court. Le bellâtre la raccompagna jusqu'à un taxi qui stationnait à quelques mètres de celui que j'avais réservé.

Je m'engouffrai dans le véhicule en ordonnant au chauffeur de ne se laisser distancer à aucun prix. C'était une question de vie ou de mort. Voyant qu'il s'agissait d'une affaire de femme, il me répondit qu'il ne pouvait rien me promettre, et qu'il ne souhaitait pas accidenter son véhicule. Je lui promis une forte somme s'il parvenait à garder le contact ou une balle dans la tête, parole d'officier, s'il le perdait. L'homme, qui paraissait trop jeune pour avoir fait la guerre, prit ma menace très au sérieux, et se pencha sur le volant comme pour pousser son automobile.

La poursuite dura près de dix minutes, sous un déluge de neige fondue. Nous étions à la veille de Noël. Le taxi s'immobilisa finalement place de Breteuil. Clémence en sortit et s'engouffra dans un bel immeuble, dont je guettai les fenêtres une à une dans l'espoir d'en voir une s'allumer. Aucune ne s'éclaira. Son appartement donnait sans doute sur l'arrière. Qu'importe, je connaissais désormais son adresse et me sentis rassuré.

Un petit banc en bois, à l'armature de fer, était posé sur le bord de la place, presque face à l'entrée de son immeuble. Je m'y installais tous les samedis et dimanches matin. Le premier samedi était encore un jour de neige, entre Noël et le jour de l'an. Il tombait de gros flocons gorgés d'eau. Je gagnai néanmoins ce qui allait devenir mon poste d'observation. Je m'étais enfoui dans un grand manteau de laine et dans une écharpe qui dissimulait mon visage.

Les heures passèrent, sans qu'elle apparût. En revanche, les occupants de son immeuble remarquèrent ma présence et prirent un air préoccupé devant cet homme immobile sous la neige, probablement gagné par le froid. Pour ne pas attirer davantage l'attention, je quittai mon poste, dépité et de mauvaise humeur. Tout m'inquiétait. J'imaginais qu'elle n'avait été là que de passage et qu'elle n'y réapparaîtrait pas avant des mois. Ou encore qu'elle était alitée pour de longues semaines. Ou qu'elle était simplement partie en province.

Le soir, comme chaque samedi, je rejoignis Weil à notre bistrot. Je lui trouvai l'œil plus vif que d'habitude. Lui, au contraire, me trouva éteint et s'en inquiéta. Il craignait une de ces dépressions qui menaçaient tous les grands blessés, et qui en conduisaient encore certains à se donner la mort.

Je le rassurai sur ce point.

— Que se passe-t-il, alors? En quatre ans et demi je ne t'ai jamais vu comme ça!

— Une femme.

— Une femme! Tu es fou, ou quoi? Adrien,

tu es mon ami, je sais ce que tu ressens et je vais être direct. C'est un luxe qu'on ne peut pas se permettre, tu comprends. Arrête tout de suite. Tu te prépares trop de souffrances. Tu sais ce que c'est, l'amour, pour des gens comme nous. C'est comme si on nous attrapait par l'intestin et qu'on nous le déroule jusqu'au bout. Tu te rends compte du plaisir! Parles-en à Penanster, il te dira la même chose que moi. Tu es comme un soldat pendant l'offensive Nivelle, tu n'as aucune chance.

— C'est une longue histoire. C'est plus compliqué que cela, et arrête un peu de me parler de charcuterie.

— Calme-toi. On va commander une bonne bouteille de cahors. Et puis quoi... Voyons le menu. Tiens, des tripes. Ce serait bien des tripes, non? Raconte-moi cette histoire, je te promets de ne pas te donner de leçons.

Une fois que j'en eus terminé avec ce qui m'apparaissait soudain comme le récit d'un rêve, Weil demanda :

— Et qu'est-ce que tu vas faire?

— Je vais la regarder sans qu'elle me voie.

— Tu sais comment ça s'appelle?

— Voir sans être vu?

— Oui. C'est une forme de voyeurisme. Ou de démence.

— Alors, je lui parlerai.

— Pour lui dire quoi?

146

— Que je l'aime.

— Et tu crois que, alors qu'elle t'a quitté en pleine possession de tes moyens, avec une tête séduisante et le prestige du futur héros, elle va se précipiter dans tes bras? Oublie-la, je t'en supplie, oublie-la; cette femme ne te mérite même pas.

— Je croyais que tu en avais fini avec tes leçons.

— Je ne veux pas que tu souffres. Il est encore trop tôt. Il y a des tas de choses à faire. Tiens, j'en ai une à te proposer. Je voudrais qu'on s'associe pour construire un nouvel aéroplane. Un avion pour transporter du courrier. Ou des marchandises. Un gros biplan. J'ai fait une maquette. Passe chez moi demain, si tu veux, je te la montrerai.

— Demain, je ne peux pas.

— Un déjeuner de famille?

— Non, un rendez-vous galant.

— Avec cette femme?

— Nous avons rendez-vous, mais elle ne le sait pas.

— Adrien, tu perds la boule.

— Je lui parlerai ou j'en crèverai.

Le dimanche matin la neige s'était remise à tomber à gros flocons épais et collants, feutrant l'atmosphère et recouvrant mon banc d'une bande de coton. J'avais rejoint mon poste dès

147

sept heures du matin pour être certain de ne pas la manquer. Deux heures passèrent. Ma bouche se desséchait sous l'effet des cigarettes que j'allumais l'une après l'autre. Je me décidai à pénétrer dans le couloir, que je traversai la tête haute, ignorant la concierge dont le visage s'aplatissait sur la vitre.

Elle sortit de sa loge comme un pantin de sa boîte.

— Vous cherchez quelque chose?

— J'ai rendez-vous avec une dame, répondis-je avec le plus parfait aplomb.

— Quelle dame?

— Une grande dame aux cheveux blonds.

— Et vous ne connaissez pas son nom?

— Qu'importe son nom, je sais qui elle est.

— Et vous avez rendez-vous à quelle heure?

— Nous avions rendez-vous voilà cinq ans.

— Vous vous fichez de moi?

— Ai-je la tête de quelqu'un qui se moque?

Un coup d'œil à mon visage la convainquit que non.

— Bon, fit-elle, eh bien restez là, si ça vous chante.

J'étais assis sur les dernières marches de l'escalier depuis trois bons quarts d'heure, lorsqu'une petite fille dévalant les étages, s'immobilisa à quelques mètres de moi. Elle devait avoir quatre ou cinq ans. Cela faisait des années que je n'avais pas fait face à un enfant, ces enfants pour lesquels nous avions combattu et que je connaissais si mal. Elle ressentit ma gêne et ses gestes prirent une étrange lenteur, comme si elle avait soin de décomposer ses mouvements. Cette petite fille en habits du dimanche m'impressionnait, avec ses grands yeux inquisiteurs. Elle s'approcha finalement à une marche de moi, et se mit à parler en inclinant légèrement la tête :

— Ils t'ont fait mal ?
— Oui, un peu.
— C'étaient des Allemands ?
— Oui.
— Mais maintenant, ils sont partis.
— Ils sont partis.
— Pour toujours ?

Avant que j'aie eu le temps de lui répondre, une jeune femme l'avait rejointe et prise par la main.

Elle me salua, puis tira la petite qui n'arrivait pas à détacher son regard de mon visage, comme si elle cherchait à y lire une de ces pages de livres qu'on dissimule aux enfants.

Une autre femme descendait l'escalier d'un pas lent et régulier. Avant qu'elle apparaisse, j'entendis le son de sa voix qui interpellait celle qui devait être la gouvernante de l'enfant. Je reconnus cette voix comme si elle m'était familière. La jeune gouvernante et l'enfant marchaient déjà dans la neige. J'étais debout, faisant face à l'escalier, et je ne sais pourquoi je joignis les mains lorsqu'elle atteignit les dernières marches.

Comme elle s'apprêtait à me dépasser, je murmurai :

— Vous êtes en retard.

Elle ne parut pas offensée, à peine surprise.

— Qui êtes-vous?

— La première fois que je vous ai parlé, madame, vous n'avez pas eu la force de m'éconduire. Les circonstances n'étaient pas les mêmes, sans doute, mais peut-être me permettrez-vous d'user une nouvelle fois de cette liberté?

Elle réfléchit un court moment, les yeux fixés sur le marbre de l'entrée, puis demanda :

— Nous nous sommes connus avant la guerre, n'est-ce pas?

— Je crois bien que nous avons partagé la dernière nuit de paix.

Son visage s'illumina quelques secondes, puis s'assombrit sous l'effet de la réalité.

— Adrien?

— C'est moi, oui, même si les extérieurs ont un peu souffert.

Elle resta muette de longues secondes.

— Si j'avais su, je...

— Ce n'est pas de cela que j'ai manqué. Nous avons été bien entourés. C'est seulement qu'après cette nuit-là, je m'étais pris à croire que... On m'a apporté votre lettre à l'hôpital; elle était suffisamment claire, elle ne laissait pas beaucoup d'espoir, et encore moins d'adresse. J'ai beaucoup pensé à vous durant ces cinq années.

— Comment m'avez-vous retrouvée?

— Au *Requiem* de Fauré. Je vous voyais de trois quarts, vous m'avez vu sans me voir. Les gens défigurés ont ceci de particulier qu'on les remarque, qu'on ne voit qu'eux, et que, dans le même temps, on ne les voit pas. Alors, je vous ai suivie, comme un chasseur ou comme un maniaque. Je voulais que vous sachiez que, malgré les apparences, je suis resté le même.

— Je suis tellement désolée. Si seulement j'avais pu savoir...

— Il n'y a pas de place pour la culpabilité ni la commisération.

Elle me semblait si belle dans ce contre-jour d'escalier, sa peau si blanche rehaussée par un regard qui déroulait des années de souvenirs.

— Et votre pianiste, celui qui nous a valu cette première rencontre?

— Il est mort.

— C'est à moi d'être désolé.

— Il est mort au front, d'une pneumonie, dans les premiers jours de l'hiver 14.

C'est alors que me vint à l'esprit une étrange construction. Cette petite fille qui sautillait d'un pas sur l'autre dans la neige collante... Je n'entrevoyais pas de façon d'aborder le sujet sans risquer de blesser Clémence.

Elle ne me posa pas la moindre question sur ma blessure, et c'était beaucoup mieux ainsi.

Nous fîmes quelques pas dans la neige, précédés par la petite fille et sa gouvernante. Un long silence s'installa entre nous.

Je lui demandai l'âge de sa fille.

Ce n'était pas la vraie question, mais elle me fit la vraie réponse.

— Elle est née en août 15 ; ce n'est pas votre sang qui coule dans ses veines.

Le rêve n'avait duré que quelques instants.

— J'aurais pourtant beaucoup donné pour qu'elle soit un lien entre nous, repris-je sourdement.

— Elle ne l'est pas.

La petite fille se retourna et accourut vers sa mère.

— Tu le connais, ce monsieur ?

— Je le connais, mais retourne auprès de Mlle Lormot.

La petite fille me sourit puis, sautillant d'un pied sur l'autre, rejoignit sa gouvernante.

Clémence semblait accablée et je le lui fis remarquer. Elle reprit :

— Je voudrais tant que vous me pardonniez.

— Vous pardonner quoi ? Ce n'est pas vous qui avez envoyé l'obus. D'ailleurs, vous m'aviez déjà abandonné avant que je sois blessé. Il n'y a donc rien à regretter. Et puis, la chirurgie fait d'énormes progrès. Tenez, un de mes camarades a été blessé au visage au cours des dernières semaines de combat. Il a été trépané. On vient de lui greffer une côte sur le front. Sa blessure ne se voit pratiquement plus. Peut-être retrouverai-je un jour le visage qui vous avait attiré...

— Je voudrais que nous restions amis.

— C'est un os qu'on donne au chien.

Cette phrase parut lui faire beaucoup de mal. Je m'en excusai :

— Pardonnez-moi, je ne voulais pas vous blesser. Ce que je voulais dire, c'est qu'il ne me reste dans l'existence que des miettes, des fragments de satisfaction. Ce n'est pas encore suffisant pour me faire vivre. Il m'arrive de combler les vides par la dérision. A vrai dire, je ne sais pas si je souhaite devenir votre ami. Nous ne l'avons jamais été. J'ai trois amis, aujourd'hui. Une femme et deux hommes qui sont passés par les mêmes souffrances, les mêmes humiliations. Nous formons une sorte de club, et je sais qu'aucun différend ne pourra jamais nous séparer.

Comme la neige rendait le trottoir glissant, elle s'appuya à mon bras.

— Je dois vous avouer quelque chose, dit-elle. Après la mort du père de ma fille, j'ai voulu reprendre contact avec vous. En mars 15, exactement, j'ai envoyé un ami vous porter une lettre.

153

Je lui avais parlé de vous. Je lui avais dit que je souhaitais vous revoir. Je n'étais pas certaine de l'adresse. Je ne me souvenais pas non plus de votre nom. Mais il me restait le souvenir de l'étage. Il l'a portée, mais était-ce la bonne porte? Sans doute pas, car vous m'en auriez parlé si vous l'aviez reçue.

— Je ne suis revenu à mon appartement qu'en juin de cette année. J'ai fouillé chaque centimètre dans l'espoir de trouver une lettre de vous. Il n'y en avait aucune.

Elle semblait embarrassée et me sourit avant de replonger dans ses songes.

— Et qu'écriviez-vous dans cette lettre?

— Je vous demandais simplement pardon pour le mot que j'avais laissé en partant et je vous donnais l'adresse où vous m'avez retrouvée.

— Vous ne pouviez vous habituer à la solitude?

— J'avais simplement envie de vous revoir, de retrouver cette attraction qui émanait de vous.

— Je n'ai plus que la répulsion à vous offrir, j'en suis navré.

— On ne vous a pas fait assez de mal, que vous cherchiez à vous en faire vous-même?

— Ceux d'entre nous qui ont survécu à leurs blessures savent qu'ils sont condamnés à un certain... réalisme. L'homme est fait de chair et de

154

sang. Lorsque le sang coule et que les chairs ont été meurtries jusqu'à transformer notre être, il faut nous résigner à vivre de choses simples et éviter des élans qui nous ramènent toujours à ce que nous sommes devenus en réalité. C'est pour cela que j'accepte votre amitié. Par réalisme.

— Alors nous nous reverrons?
— Sans doute...

Je ne suis pas historien, et je n'ai pas l'intention de le devenir. Ce n'est pas parce qu'on a été intimement mêlé à une époque qu'on peut prétendre en détenir la substance, même après de longues années. Je voudrais cependant me laisser la liberté de dater, sinon un événement, du moins le début d'une époque, celle d'une France qui sacrifie à la peur, qui se cherche des boucs émissaires. Il me semble que cette attitude, si opposée au caractère de « ceux de 14 », a commencé à prendre le dessus à partir des années 20.

Même les enfants avaient changé. Je me souviens d'un jour où une dizaine d'entre eux, assis dans un square, se sont mis à rire de moi en faisant mine de me lancer des pierres. Pendant toutes les années qui avaient suivi la guerre nous avions suscité la pitié, la compassion, souvent la gêne — mais jamais la peur qui commande de se défendre de ceux qui dérangent.

Je me suis marié en 1924.

Elle avait tout juste dix-neuf ans, et j'approchais des trente-quatre. C'était une camarade de pension de ma plus jeune cousine. Elle avait un drôle de nom polonais, Skowronek, et j'avais inauguré notre relation en la taquinant sur ce nom qui ne se prononçait pas, mais s'éternuait. Elle posait sans cesse des questions sur moi à ma cousine. Elle me considérait comme un héros et me manifestait beaucoup d'attentions. En particulier, elle prenait le temps de m'écouter, malgré la lenteur de mon élocution. Je lui racontais pendant des heures mes années au Val-de-Grâce et elle y prenait un réel plaisir. Elle ne parlait pas beaucoup d'elle, mais je sus par ma cousine qu'elle était la fille d'un tailleur juif polonais qui s'était installé en France au début du siècle et d'une trop jolie jeune femme.

Le tailleur était mort pendant les inondations de 1910 et la mère s'était hâtée de placer sa fille dans un pensionnat.

Je remarquai à quel point cette jeune fille petite et frêle était en réalité forte et énergique. J'eus la preuve, lorsque je lui demandai de m'épouser, qu'elle était en outre courageuse.

Notre mariage fut d'une grande gaieté. Mes meilleurs amis étaient là : Marguerite, Penanster, Weil, et d'autres encore qui avaient partagé mes années d'incarcération sanitaire.

En ce genre d'occasion, notre petite communauté dégageait une joie de vivre qui surprenait ceux qui avaient toute leur bouche pour rire. Nous buvions, mangeons et fumions plus que de raison. Mais surtout, nous éprouvions ce sentiment d'extrême liberté qui est l'apanage de ceux qui sont débarrassés de leur image et qui ont retiré, du voisinage de la mort et de la cohabitation quotidienne avec la souffrance, cette distance avec ce qui rend l'homme si petit et si étriqué. Il était rare que deux défigurés se rencontrent sans échanger une histoire un peu leste, une gauloiserie croustillante. Notre bonne humeur impressionnait notre entourage, auquel nous en imposions par notre appétit du présent.

J'étais le premier grand défiguré à trouver une épouse, et cela suscita une grande vague d'espoir parmi mes compagnons. Après toutes ces années, je regagnais le cours de cette vie normale, de ce quotidien si souvent décriés, par ceux qui ne connaissent pas leur bonheur.

Le plus extraordinaire, c'est que dans les années qui ont suivi, tous mes compagnons ont finalement réussi à se marier. Tous sauf Marguerite, parce qu'elle était une femme, et qu'une femme défigurée est un être inconcevable. Marguerite est restée seule jusqu'à son dernier jour, pour toute récompense de son engagement dans la cause des hommes.

Le lendemain de mon mariage, l'existence se joua une fois de plus d'un des nôtres. Penanster prit le train de nuit pour Brest. Au petit matin, il confondit la porte donnant sur la voie avec celle des toilettes et se retrouva en pyjama sur le ballast. On le releva avec plusieurs fractures des côtes. Dès l'annonce de son accident, Marguerite, qui était en congé de son ministère où elle gérait les approvisionnements en prothèses pour les anciens combattants, le rejoignit pour lui apporter notre soutien. Je fis aussi le déplacement, comme Weil quelques jours plus tard. Nous n'imaginions plus qu'un des nôtres pût être hospitalisé seul.

L'année 1926 fut aussi une année heureuse. Penanster et Weil se marièrent tour à tour à la fin du printemps et au début de l'été. Ma femme mit au monde une petite fille à la fin du mois de juin. Comme le disait Penanster avec cette hauteur inimitable qu'il donnait à ses propos, tout en nous présentant son bon profil : « Nous sommes entrés dans une grande période de normalisation. »

Les années 30 se déroulèrent étrangement. Alors que la France s'enfonçait dans la crise et la tristesse, notre société de grands estropiés multipliait les soirées où l'on dansait et jouait aux cartes, buvant plus qu'elle ne mangeait, car la mastication restait un problème pour beaucoup d'entre nous. Nous avions en commun de vouloir vivre le présent avec intensité et de le vivre ensemble, entre défigurés, entourés de ces familles inespérées, en de grandes tablées qui finissaient toujours par des parties de cartes. Les enfants passaient des après-midi entiers à regarder notre jeu par-dessus nos épaules à travers l'écran de fumée des cigarettes que nous consumions les unes derrière les autres. Notre petite communauté dégageait une assurance et une gaieté qui faisaient notre réputation et il suffisait que deux ou trois d'entre nous participent à une communion ou à un mariage pour que la fête soit transformée par ces hommes qui n'avaient plus peur de rien parce qu'ils n'avaient plus rien à perdre. Notre distance impressionnait; on nous prenait pour des sages.

La naissance de ma fille en 1926 m'installa dans une douce euphorie: elle était l'improbable continuation de mon être. Cette joie profonde avait succédé à neuf mois d'inquiétude, pour ne pas dire d'angoisse. Je craignais que ma fille ne naisse avec un visage difforme, hérité de ma blessure. Heureusement, la nature ne se souciait pas des divagations de mon imaginaire.

La chirurgie esthétique fit à cette époque

des progrès remarquables. Je fus sollicité à plusieurs reprises pour de nouvelles greffes de peau et de cartilage. On me promettait un visage plus avenant Je ne pense pas que ce soit la crainte des douleurs de nouvelles opérations — ni celle de l'odeur obsédante de l'éther — qui m'y fit renoncer. Ce visage était désormais le mien, il faisait partie de mon histoire.

Penanster vivait pour l'essentiel des rentes que lui procuraient ses terres bretonnes. Pour le reste, sa pension d'invalidité et un héritage suffisaient à ses besoins.

Bien qu'il ne m'ait pas été donné de contempler une de ses toiles de cette époque-là, je savais que Penanster consacrait beaucoup de temps à sa peinture. Quand on l'interrogeait sur son style, il parlait en ricanant d'« expressionnisme morbide ». Je compris bien plus tard ce qu'il voulait dire en découvrant une peinture d'un Allemand, Otto Dix, un ancien combattant qui avait peint d'effrayantes mutilations de la face fondées sur ses souvenirs de guerre.

Weil développait son affaire de moteurs d'avion avec l'aide de sa femme.

Marguerite, après ses heures au ministère, travaillait dans une maison de santé qui soignait des aliénés, des hommes dont la raison avait été détruite par la peur pendant la guerre de tranchées. Elle consacrait sa vie aux autres, faute de les intéresser à elle, mais jamais elle ne prit ce travers des exaltés de l'altruisme qui m'ont si souvent indisposé.

Clémence épousa finalement un avocat qui entra en politique. Il avait bien vingt ans de plus qu'elle; j'en ressentis comme une satisfaction.

Après nos premières retrouvailles, je ne m'étais plus manifesté de nouveau, par crainte que notre histoire ne vienne perturber la quiétude de ma vie familiale.

Je l'ai revue en 28, au hasard d'une manifestation d'anciens combattants où son mari prononçait un petit discours emphatique.

Elle se tenait près de moi, sous une bruine qui semblait courir sur ses cheveux sans les mouiller. Ce fut notre dernière conversation.

Comme elle se plaignait à demi-mot de ce silence de près de neuf années, je tentai de lui expliquer que j'avais rencontré ma femme peu de temps après, ce qui n'était pas complètement vrai, et que, compte tenu des circonstances, il m'avait été difficile de la revoir. Sa réponse me fit l'effet d'une seconde blessure, presque aussi dévastatrice que l'autre.

— Si vous étiez revenu vers moi alors, comme il était entendu lorsque nous nous sommes quittés, je ne crois pas que cet orateur vous aurait supplanté.

C'est peut-être notre isolement et le confort de nos parties de cartes en sirotant des suzes qui nous a rendus aveugles aux prémices de la guerre. Nous ne voulions pas la croire possible. Tout ce que nous avions enduré, nous l'avions fait parce qu'on nous avait persuadés que notre guerre était la dernière. Mes amis et moi avons fait la sourde oreille aux bruits de bottes. Au retour de Daladier de Munich, c'était pour nous une affaire réglée : les Allemands n'oseraient jamais nous attaquer. Même lorsqu'ils ont envahi la Pologne, nous avons continué à croire que quelque chose allait sauver la paix.

C'était au point qu'au printemps 40, nous sommes tous partis en famille dans le nord de la Bretagne. Les Allemands sont entrés en France au mois de mai et ont rejeté l'armée anglaise à la mer pendant que la nôtre s'éparpillait sur les routes. Puis le maréchal Pétain a repris les choses en main, c'était le retour à la paix. Une bonne paix pour ceux qui voulaient le croire, et dont nous faisions partie. Nous n'avions aucune raison de douter de la bonne foi du vainqueur de Verdun. Puis, le vieux s'est mis à dérailler et la capitulation s'est transformée en collaboration.

Nous sommes rentrés à Paris, Weil et moi, à l'automne, laissant femmes et enfants en Bretagne, sous la protection de Penanster.

Dans le train qui nous ramenait vers la gare Montparnasse, nous ne lisions sur le visage des gens que la peur et la méfiance. J'eus très vite le sentiment que la France vivait un double drame : une défaite militaire comme nous n'en avions pas le souvenir, et les prodromes d'une guerre civile entre les marionnettes d'une armée d'occupation et ceux qui n'allaient pas tarder à se souvenir de nos sacrifices passés.

En sortant de la gare, j'eus un malaise et je dus m'accrocher très fort au bras de Weil pour ne pas tomber. La première fois que j'avais rencontré des Allemands, c'était le jour de la signature du traité de Versailles, qui devait à jamais nous assurer la paix. Je n'en avais vu aucun en Bretagne après la défaite, mais à Paris, ils étaient là.

Le métro était bondé. Plus une place assise. Nous étions serrés les uns contre les autres dans le bruit et la transpiration. Soudain, deux jeunes officiers allemands se levèrent des strapontins sur lesquels ils étaient assis, et nous proposèrent leurs places. L'un d'eux nous adressa même un salut militaire.

Cette courtoisie des vainqueurs me glaça le sang et j'obligeai Weil à descendre à la station suivante.

Je mis de l'ordre dans mes affaires, passai à mon bureau m'entretenir de la marche à suivre et, quand on m'informa que la compagnie risquait d'être réquisitionnée par les Allemands, avec ses ingénieurs, je décidai de réunir toutes nos économies et de retourner en Bretagne pour y attendre des jours meilleurs.

Penanster nous fit vivre sur ses récoltes dont il parvenait adroitement à dissimuler l'importance à l'occupant. Nous avons ainsi vécu toute la guerre à Lanloup, entre Paimpol et Bréhec.

Weil vint récupérer sa famille au début de l'hiver 41 pour la ramener à Paris : il avait besoin de l'aide de sa femme pour continuer à faire tourner sa petite affaire, elle aussi réquisitionnée. Il nous écrivait régulièrement. Ses lettres lui ressemblaient. Il avait gardé le détachement des premiers jours, cette distance à l'égard des événements qui le protégeait. Toutefois elles nous inquiétaient de plus en plus. Il avait mis beaucoup de temps à évoquer ce qu'il appelait lui-même la « question juive ». Il nous en fit part comme un journaliste qui se borne à décrire les faits. Des expositions, des inscriptions sur les magasins, des brimades, l'étoile jaune...

Sa dernière lettre, en date de mai 42, se terminait par une phrase que lui seul pouvait écrire :

« Mes chers amis, je me plais à considérer que toute cette agitation ne me concerne pas personnellement, ni les miens d'ailleurs. Je ne vois pas comment ils pourraient s'en prendre à un homme — et à la famille de cet homme — qui s'est fait raboter la face pour la France au point

166

d'en perdre ce qui fait le signe extérieur distinctif du scélérat. »

Marguerite avait un cousin proche qui travaillait à la préfecture de Paris. Au début du mois de juin, celui-ci lui fit comprendre qu'il se préparait quelque chose. Marguerite nous écrivit en Bretagne pour nous faire part de ses inquiétudes.

Je revois Penanster franchir le petit portail de notre maison de pierre par un matin de bruine, s'installer dans la salle à manger, et me dire pendant que je lui réchauffais une sorte de café :

— Adrien, il faut que tu te prépares à partir à Paris avec moi. On doit récupérer les Weil avant qu'il ne soit trop tard.

Je n'avais, à vrai dire, jamais imaginé que l'antisémitisme puisse conduire à la mort. Et je dois avouer que je pensais alors que Penanster exagérait franchement quand il parlait de camps. J'imaginais des camps de prisonniers civils, mais rien au-delà. Penanster me confia alors qu'il travaillait pour le renseignement anglais, et qu'un de ses contacts lui avait confirmé que les Allemands conduisaient les juifs à la mort.

Ce n'était vraiment plus le temps de discuter.

L'expédition fut organisée dans les premiers jours du mois de juillet. La sortie de Paris fut assez délicate. Elle se fit dans la voiture d'un fonctionnaire de police breton, correspondant de Penanster dans la capitale, qui conduisit Weil, sa femme et ses deux enfants jusqu'à Maintenon. De là, nous leur fîmes traverser la France vers l'ouest.

Penanster installa la famille Weil dans la cave de vieux bâtiments agricoles en lisière de forêt. Ils n'en ressortirent que deux ans plus tard, à la Libération.

Pendant ces deux années, nous reprîmes nos habitudes. Chaque jour, Penanster et moi nous rejoignions Weil, pour une partie de cartes. « Cinq plus deux égale sept années d'enfermement, se plaisait à répéter Weil. Pour un homme qui n'a rien à se reprocher, c'est tout de même pas banal, non ? »

Un matin de l'été 44, Ernestine, la vieille bonne de Penanster, la seule à partager avec nous le secret de la cache des Weil, souleva la trappe recouverte de foin et nous annonça d'une voix monocorde, sans la moindre émotion :

— La guerre est finie, messieurs dames, et les Allemands sont dehors.

Weil abattit sa dernière carte sur la table. Puis il se leva, soulevé par un fou rire mélangé de larmes, qui l'envahit jusqu'à l'étouffement et l'empêcha de dire un mot pendant plusieurs minutes. Lorsqu'il put enfin parler, il nous lança :

— La der des der!

Nous avons partagé ce rire qui mettait fin à sept années d'un isolement particulier, étrange pièce de théâtre à deux décors, une salle d'hôpital militaire et le sous-sol d'une grange bretonne.

Depuis la fin de la guerre, Penanster était sujet à des vertiges, des absences, des pertes de mémoire, séquelles de ses blessures. Au printemps 1946, il partit dans le Vercors pour un pèlerinage avec un groupe de résistants. Un soir après le dîner, il quitta le petit hôtel du plateau où résidait le groupe, pour une promenade digestive. Le matin suivant, il n'était pas revenu. On le retrouva en fin de journée, au milieu des ronces, en bas d'un précipice, mort. Il avait à la main un mouchoir brodé à ses initiales. Le sang qu'on y trouva ainsi que des plaies aux genoux indiquaient qu'il avait fait plusieurs chutes dans son égarement avant que de lointaines lumières semblables à celles de naufrageurs bretons ne l'attirent au fond d'un ravin.

Nous lui fîmes des funérailles grandioses en l'église Saint-Louis-des-Invalides.

Nous étions debout, Weil et moi, à la droite du cercueil, face à la nef. Marguerite, effondrée, se tenait assise au premier rang. Les vieux camarades arrivaient les uns après les autres. Lorsqu'ils furent installés, on vit entrer dans l'encadrement du porche des hommes jeunes. Certains avaient des pansements autour de la tête. D'autres portaient leurs brûlures à l'air libre. Des aviateurs, beaucoup d'aviateurs. Tous avaient l'air jeunes. Ils s'avançaient, intimidés par les anciens. Il y avait beaucoup de tristesse dans leurs regards.

Je me serrai contre Weil et lui demandai :

— Qu'est-ce qu'on va faire, maintenant ?

Il eut un long silence avant de répondre :

— On va leur apprendre la gaieté.

Imprimé en France par

C P I
Brodard & Taupin

à La Flèche (Sarthe)
en mars 2010

POCKET – 12, avenue d'Italie - 75627 Paris cedex 13

N° d'impression : 57378
Dépôt légal : décembre 1999
Suite du premier tirage : mars 2010
S09308/21